致青春 028

不想只有暗戀你

（下）

顧了之　著

高寶書版集團

目錄
CONTENTS

第十一章　比妳想我更想妳

十五分鐘後，一輛警車開到了飯店樓下。

方臻上來請阮喻：「阮小姐，方便的話，請妳跟我們走一趟現場，配合本次的逮捕行動。」

阮喻點點頭，卻被許懷詩攔住：「警察叔叔，那邊現在是什麼情況，我姊姊去了會不會有危險啊？」

「特警已經在住宅附近待命，目前確認到的情況是嫌疑犯暫時處於穩定狀態，並排除攜帶槍支的可能。但如果立刻逮捕，阮先生和曲女士的人身安全仍然會受到威脅。請阮小姐配合我們，為了和平地勸降嫌疑犯，盡可能避免直接的武力衝突，警方一定盡力保護現場所有人的安全，還請協助。」

「但電視上不都是談判專家、心理專家去勸服嫌疑犯的嗎？」

「專業人士會在同一時間就位，但考慮到嫌疑犯在逃亡期間曾先後向許先生和阮小姐求助，我們認為，她在談判過程中具有不可替代性。當然……」他轉向阮喻，「阮小姐沒有配合的義務，如果妳對此事存疑，可以留在場外等消息。」

阮喻搖搖頭：「我跟你們走。」

許懷詩拽了把她的衣襬：「姊姊……」

阮喻輕拍一下她的手：「放心，妳哥在電話裡說的意思和警方一樣。妳好好待在這裡，餓了就煮點麵來吃。」

她說完就跟方臻走了，下樓坐上警車的後座。

方臻向她詢問了幾句家裡的情況，聽完後，拿起警用對講機跟什麼人溝通了一下，然後回頭說：「阮小姐的父母非常機警也非常鎮定，為警方爭取到相當充裕的時間，目前住宅內沒有出現異常情況。」

聽出這位說話文縐縐的警官正在蹩腳地安慰人，阮喻勉強笑了一下：「謝謝。」她沉吟了一下又問，「方警官，方便的話，我可以了解一下案件的詳情嗎？」

他點一下頭：「嫌疑犯和被害人是在昨天早上八點駕車從蘇市出發的。高速公路的監視器顯示，駕車人是嫌疑犯，但方向盤上除了出現頻率最高的一號指紋之外，還有屬於被害人的二號指紋，所以不排除在沒有監視器畫面的路段，被害人也曾開過車的可能。」

「行車記錄器的記憶卡遺失了，疑似是人為取走的，因此無法確定完整的行車路線，但導航紀錄顯示，嫌疑犯和被害人的目的地正是妳父母家附近。」

原來周俊這次就是帶女朋友來看老師的。

阮喻皺了皺眉，繼續聽。

「案發地點是郊區靠近山區的偏僻小路，因為沒有監視器，具體情況無從得知。被害人的屍體被發現在車外，致命傷在頭部，被鈍器重擊造成。經過比對確認，凶器是車內一把疑似緊急救生用的羊角鎚。握把上再次檢測到與方向盤上一致的一號指紋，與屬於被害人的二號指紋。」

阮喻十指交握，食指來來回回摩擦著指甲，像在緩解空氣裡漂浮著的緊張壓抑，不敢做任何深想。

「被害人的手機一樣被發現在車外，有一通關鍵的通話紀錄，是十點三十二分案發當時被害人打給她父親的。被害人在電話中大聲尖叫呼救，來回重複著『救命啊，放開我，周俊』這樣的話。另外，在被害人的指甲縫裡也發現了一小塊皮肉，疑似是案發時從凶手身上抓下的，皮肉的DNA和兩個一號指紋都需要在逮捕到嫌疑犯後進行比對確認。」

雖然方臻的用詞基本上很嚴謹客觀，但聽到這裡，再結合周俊事後潛逃、拒不配合的事實，證據已經有一定的指向性，所以警方才會把他列為重大嫌疑犯。

車輛急速駛向郊區。阮喻隔兩分鐘就做一次深呼吸，好不容易穩定心緒，快到家的時候，忽然聽見對講機裡響起一陣騷動。

她立刻坐直身子，方臻也嚴肅起來，向那邊詢問情況。

對講機裡傳來一個男聲：『嫌疑犯發現曲女士報警後受了刺激，用水果刀挾持阮先生到四樓天臺。我們已經從後面繞到天臺就位，但談判專家的面對面勸服暫時沒有效果。』

「我三分鐘後到。」方臻說完後回頭看阮喻，覺得她可能被嚇哭了，卻發現她只是正襟危坐著，目視著前方一動也不動。

「阮小姐，請妳一定……」

「我相信你們。」阮喻打斷他，向他點點頭。

三分鐘後，她跟方臻下了車，一眼望見自家樓下被圍得水泄不通，一部分是周圍鄰居，警方正在引導疏散，另一部分是正在準備防護工作的警察。充飽氣體的救生墊已經就位，雲梯車和救護車正從不遠處駛來。

整個環境嘈雜得讓人頭暈目眩。

曲蘭在一旁被警察保護著，回頭看見阮喻，哭著喊：「喻喻啊，妳爸爸他……」

阮喻小跑過去，看到頂樓的周俊挾持著阮成儒站在天臺邊緣，背對這邊，正跟另一側的特警和談判專家對峙，情緒似乎很激動。

她拍拍曲蘭的背，咬牙讓自己鎮定下來：「媽，不要怕。」

方臻拿來警用隱形耳機讓阮喻戴上，說：「我們的人對嫌疑犯造成的心理壓力太大，導致他根本一個字也聽不進去，所以必須請他們暫時從背面撤離。消防員會協助妳上雲梯，由妳跟嫌疑犯進行短暫溝通，儘量安撫、穩定他的情緒。」

阮喻點點頭，把隱形耳機塞進耳朵裡。

一旁的曲蘭阻止她：「喻喻，妳不能上去，妳不是怕……」

「沒事，媽。」她搖搖頭，又看向方臻，「方警官，你繼續說。」

「談判專家會透過這個耳機跟妳保持通訊，妳和嫌疑犯的所有對話，都會準確無誤地傳到底下。妳要記住兩點，第一，量力而為；第二，警方保證不會讓妳和人質受到傷害，最差的結果……」他說到這裡時停住，伸手指了一下對面頂樓。

阮喻從他的眼神裡猜測出那裡可能安排了狙擊手。最壞的結果不會是她和爸爸受傷，而是警方將在不得已時擊斃嫌疑犯。

她微微打了個顫，點點頭：「我明白了。」

阮喻在專業人員的協助下爬上雲梯。

原本在天臺的特警已經躲在房子的背面，周俊剛放鬆了一些，看見雲梯緩緩升高，再次抓緊刀子抵著阮成儒說：「你們別上來，別上來！」

阮喻趕緊朝上喊話：「周俊，是我，我是阮喻！只有我一個人！」

聽見她的聲音，周俊的手微微顫了一下，下意識地往天臺裡倒退一步。

阮成儒明明是人質，卻反而笑了一下：「孩子，別怕，喻喻一個小姑娘，不會傷害你的。」

雲梯升高，阮喻終於得以跟他們平視。她先跟阮成儒對視了一眼，再攤開雙手給周俊看：「周俊，你別怕，只有我一個人，我什麼也沒帶，真的。」

似乎是因為受到了始料未及的安慰，在這兩句「別怕」裡，周俊握刀的手變得不太穩。

他紅著眼眶看阮喻：「妳、妳上來幹什麼……」

阮喻耳朵裡的隱形耳機傳來指令：『告訴他，妳相信他。』

她立刻接上：「我相信你。」

周俊的目光閃動了一下，卻很快又暗下來：「沒有人會相信我，等檢方拿到我的DNA進行比對，就更沒有人會相信我了……」

阮喻皺了一下眉頭。

耳機裡再次傳來談判專家的聲音：『問他為什麼。』

「為什麼？」

「行車紀錄沒了，指紋是我的，她……」他說到這裡的時候牙齒打起顫來，「她指甲縫裡的那塊肉也是我的，那通電話裡，也是我的名字。太巧了，全都太巧了，所有證據都指向我是凶手。沒有監視器畫面，沒有目擊證人，誰還會相信我？」

「既然這樣，你為什麼要向淮頌求救？」

「因為我沒有殺人，我真的沒有殺人！」他的情緒再次激動起來，「許淮頌他爸爸不是能把黑的說成白的嗎？他能幫我……他能幫我的，是不是？」

他的眼底露出癲狂的神色，讓阮喻感到心驚。

但她還是咬著臼齒，抓緊了雲梯的扶手：「周俊，沒人有權利把黑的說成白的。能夠決定黑白的，只有黑白本身，能夠告訴人們它到底是黑是白的，只有法律。只要你沒有殺人，法律一定可以還你清白，你相信它好嗎？」

「我不……我不相信法律，我不相信警察……他們在通緝我，他們全都在通緝我！」

「可是法律相信你！」阮喻的聲音拔高了一些，「在你不相信法律的時候，法律還相信著你，相信嫌疑犯是無罪的。你沒有殺人，就配合警方一起找到真凶，給她一個交代。」

「真凶？會有真凶嗎？」周俊忽然笑了一下，「她半路跟我吵架，我們分開之前，她說一定有辦法讓我後悔……這就是她讓我後悔的方式，沒有真凶，根本沒有真凶！」

「有真凶！警方已經排除了被害人自殺的可能，如果不是你，就一定有別人。」

阮喻緊緊盯著他的眼睛，帶著一絲誘導的語氣，把耳機裡傳來的話盡可能自然地表達出來：「周俊，你說，她最後那通電話，有沒有可能是打給你的？她說『救命啊，放開我，周俊』，其實她的意思也許不是『放開我，周俊』，而是『救命啊，周俊』……」

周俊的眼底露出幾分不可思議的神情：「妳說什麼？」

阮喻繼續誘導：「你說你們當時是因為吵架分開了，對嗎？可能在你們分開後，她開著車遇到了真凶，因為知道你是離她最近的人，所以打電話跟你求救。可是操作手機的時候因為真凶的阻撓，她誤把電話撥給了遠在一百多公里外的爸爸。其實她是在跟你求救，不是讓你放開她，這通電話，並不能證明你是有罪的……」

周俊張著嘴愣在原地，手一鬆，那把水果刀直直地掉了下去，底下沒散的人群裡傳來一陣驚呼。躲在房子背面的特警迅速翻上天臺，上前把他制伏。

阮喻的腿一下軟了下來，咚的一聲悶響，膝蓋撞上欄杆。

與此同時，雲梯移近天臺，離她咫尺之遙的消防人員上前把她接下來，再去接阮成儒。

雲梯緩緩下降的時候，阮喻回過頭，望了一眼天臺的方向。

在那裡，周俊跪在地上，指縫裡不斷流出淚水。

他捂著臉不停地重複著一句話：「她沒有以死報復我，她沒有以死報復我……」

逮捕行動成功了，可是這一瞬間，阮喻心裡的石頭卻並沒有放下，反而越堵越難受。原來周俊誤以為是被害人打算製造一系列的證據，以自己的死亡來報復他才會潛逃。那麼，即使他日後以無罪者的身分走出了法院，又該怎麼在自責和懊悔裡繼續生活？

這樣的失之交臂，這樣的天人永隔啊。

嫌疑犯歸案，現場在半個小時後徹底恢復平靜。

阮喻想起許懷詩，打了通電話給她。聽說她已經在許淮頌的安排下，被劉茂送回了蘇市。於是她又傳了封訊息給許淮頌報平安，然後匆匆離開，跟著警察做筆錄。阮成儒和曲蘭被醫護人員送到醫院做了全身檢查，確認沒有受傷後，三人被警車安全送回。此時已經是下午四點多。

進家門的時候，見母女倆都是一副驚魂未定的樣子，阮成儒笑呵呵地說：「哎呀，不知道的人看到妳們這個樣子，還以為我沒被救回來呢！」

「你這老頭，瞎說什麼呢？」曲蘭狠狠地瞪了他一眼。

「就算是瞎了，那又不是啞了，還不准我說話了？」

阮喻左手攬爸、右手攬媽，勸架：「好了好了，別吵了，現在可是端午佳節呢，我們晚上吃點什麼啊？」

她言談間刻意避開下午的鬧劇，但阮爸阮媽都看得出來，她是還沒放下心來，在故作輕鬆。

曲蘭說：「家裡的菜不少，這就去煮給妳吃。」

「算了，別忙了，我想吃泡麵。」阮喻嘻嘻一笑，把她和阮成儒推回房間，「你們休息一下，到了五點我來打蛋煮麵，我現在先回房間打個電話喔。」

阮成儒瞄她一眼：「打給誰？小許嗎？人家在舊金山，現在都淩晨一點多了！」

「我知道啊……」阮喻癟癟嘴。

「哎喲，你這老頭。」曲蘭覷了阮成儒一眼，「淩晨一點怎麼了？就算是兩點、三點、四點，也得接我們喻喻的電話！」

「就是嘛！」

阮喻拿著手機回到房間，靠著門板撥通了許淮頌的語音通話。

這一刻，她想起了今天中午他在電話裡跟她說的話。他並沒有教她到底該怎樣做，只是告訴她，一定要像相信他一樣相信警察。遠水救不了近火，他是律師不是神，這個時候，只有全心信任、積極配合警方才能解決問題。

他說，如果警方帶她去現場，他們不是要她去救爸媽，而是讓她去救周俊的。一旦發生挾持事件，警方必然有把握解救人質，但可能是在擊斃嫌疑犯的前提之下。

她的存在是為了保護嫌疑犯。所以，她不用害怕嫌疑犯。

語音在兩秒之內被接通，阮喻拖著長音咕噥出聲：「許淮頌……」

因為在深夜的醫院，許淮頌的聲音壓得很低，也因此聽起來特別溫柔。他問：『怎麼，做了一次女英雄，我就從「淮頌」變成了「許淮頌」？』

他在開玩笑緩解她的疲憊和害怕，阮喻雖然笑不出來，卻對他的聲音相當受用：「嗯，你再多說兩句。」

『說什麼？』

「什麼都行。」

『什麼都行？』

這種時候難道不應該說一聲「心肝寶貝」，好好安慰她一下嗎？

阮喻沒了耐心，催促道：「對啊，你快說啊。」

許淮頌笑了一下：『我不是在說嗎？這是怎麼了？』

「唉，聽不出來嗎？」阮喻嘆口氣，「是我想你了。」

阮喻花了近十一年，才終於在這驚心動魄的一天即將落幕時，說出了這句「我想你」。

她不是忽然轉了性，而是這一天，在目睹了一場讓人抱憾終生的失去後，她忽然發現，在感情裡不應該計較公平、輸贏，不應該計較到底誰占據了上風，誰先開了口或者誰先低了頭。

因為你永遠不知道，當你做著這些無謂的計較時，會不會有一場突如其來的災難，讓你們徹底、永遠地分離，連計較的機會也沒了。所以，在還能說「想你」的時候，一定要說給他聽，就算輸了也沒關係。

話音落下的一瞬，電話那頭彷彿世界靜止了，聽不見一絲回音。

阮喻愣愣地眨了兩下眼，剛要拿開手機看訊號，就聽見許淮頌說：『訊號沒斷。』

許淮頌靠著醫院走廊的欄杆，從暖黃的光暈裡抬起頭，慢慢地站直了身體。訊號沒斷，是他的腦迴路斷了。

他忽然說：『等我一下。』然後匆匆走向走廊的盡頭，下了樓梯。

阮喻一頭霧水，過了好半天，才聽見那頭的腳步聲停了，一個微微喘著氣的聲音響起：『我也是。』

「什麼？」她都快忘記剛才說到哪裡了。

『也想妳，或者……可能比妳想我更想妳。』許淮頌一字一頓地說完，然後下意識地屏住了呼吸。

直到那頭的阮喻笑了一聲，他才徹底放鬆繃緊的身體，重新開始放心喘氣。

等他喘完了，阮喻問：「為什麼要跑一圈才說？」

『剛才在病房外，走廊上有值班護士。』所以起初明明聽出她希望得到安慰的意思，他也裝著傻，沒有說露骨的話。

「那又怎麼了？她們聽得懂中文嗎？」

『……』

說的也是，他忘記了。

許淮頌低頭笑了一下：『今天太煩惱，可能有點犯傻了。』

「煩什麼？」

他神色無奈：『妳說呢？』

阮喻嘟囔：「我不知道才問你啊。」

許淮頌咬咬牙，不得不說得清清楚楚：『擔心妳。』

阮喻又笑了一聲。看吧，有話直說也沒那麼難嘛。

她沉吟了一下，說：「可是當時在電話裡，你明明很冷靜，還說警察會保護我的，用不著擔心。」

「那是安慰妳的。」

他沒有那麼相信警察。她有萬分之一可能出事的可能性，就足以讓他坐立難安。已經兩次了，她永遠不會知道隔著千山萬水，聽見她不好的消息，他有多無力、窒息。他只是為了安慰她，假裝自己很冷靜而已。他移開手機，翻到機票預訂的頁面，截下一張圖給她。

阮喻收到訊息一看，發現那是一班舊金山時間晚上十一點，飛往國內的航班。在接到她電話的五分鐘內，他就買了機票。只是後來確認了她平安的消息，才沒有趕去機場。

她鼻子一酸，帶著一點感動的哭腔吸了一口氣。這點哭腔提醒了許淮頌，他的聲音變得有點嚴厲：『以後在電話裡，如果非要哭，先把話說清楚再哭。』

被他的語氣一激，阮喻的感動刹那間灰飛煙滅。

他接著嚴肅聲明：『妳可能沒什麼事，我的心臟會先被嚇停。』

阮喻吞了口口水，喔了一聲：「知道了，你回病房照顧叔叔吧。」

許淮頌舉著手機站在路燈下，望了一眼住院大樓的方向：『沒關係，有看護在，情況已經穩定下來了，他現在睡著了。』

「這麼喜歡站在外面餵蚊子啊？」

『嗯，上次把妳下巴上的那隻捏死了，覺得過意不去，照顧一下牠的同胞吧。』

「……」

阮喻笑了笑，拿著手機從門邊離開，吁出一口氣，倒在床上。

聽見這窸窣的動靜，許淮頌問：『妳在做什麼？』

「累，我躺一下。」她嘆著氣說，「其實我今天很害怕，腿都軟了，我之前不知道居然要上雲梯……」

『妳上了雲梯？』許淮頌有點詫異，『妳不是怕高嗎？』

這次輪到阮喻奇怪了：「你怎麼知道？」

因為一中四十週年校慶的那天，很多學生都被老師安排去布置接待會場。可能是事情太多了，老師分配任務的時候隨機安排，也沒照顧到男女。阮喻一開始被分到一個繫彩帶的工作，要把彩帶綁上窗沿的杆子，卻因為不敢爬高，所以四處找人換。

然後他去做了那份工作。

等她找到替換的人回來，抬頭看見彩帶已經繫好了，還以為是誰記錯了自己的工作。

許淮頌在夜色裡沉默良久，最終抬頭看著天上的上弦月說：『等我回來就告訴妳。』

什麼啊？神神祕祕的。

但阮喻是真的累了，也沒深想，在床上翻個身，想到什麼就說什麼：「你說周俊會怎麼樣？下午我去做筆錄，看他進了審訊室，半天都沒出來。」

許淮頌已經從警方那邊大致了解了案情，說：『現在的情況是客觀證據指向他，而他的主觀解釋僅僅是一面之詞。就算他沒有殺人，也很難輕易洗脫嫌疑。』

阮喻的喉底一哽，聽他繼續說：『他被釋放的可能有兩種，第一，在庭審之前，有其他嫌疑犯出現，並且目前所有指向他的證據都得到合理駁斥；第二，在庭審上因為證據不充分而被判無罪。按照現在的情況看，假設真凶確實存在，也一定是經驗相當豐富的慣犯，短時間內未必能落網，所以，他大概要嘗試第二條路。』

阮喻嗯了一聲：「你不能幫他辯護吧？」

『不能。』

別說他還沒參加國內法律特考了，就算考過了，他也不是專業的刑事律師。

他說：『辯護律師我已經叫劉茂安排了，我過兩天回國再跟他們討論詳情。』

許淮頌一直「餵」蚊子「餵」到凌晨兩點多才回病房。

✓

阮喻起來做飯，過後早早就睡了，結果作了一夜的噩夢。於是第二天一早，看見她黑眼圈的阮爸阮媽就把她趕回了市區。這裡離案發地點太近了，她膽子本來就很小，待在這棟房子裡恐怕會一直作噩夢。

阮喻也覺得是地理位置的原因，到了市區就會好，所以聽了爸媽的話。可沒想到，即使到了市區，一旦離開熱鬧的環境，回到安靜的地方，尤其到了夜裡，她依然覺得身心不適。

因為沈明櫻這幾天剛好在外地幫網路商店批貨，於是，阮喻去市區飯店接了許皮皮，接連兩晚就靠著這隻貓，還有跟許淮頌語音通話才能勉強入睡。

她的黑夜是他的白天。許淮頌連續兩個白天幾乎無法做別的事，偶爾有點事要處理，關掉語音，她醒了，聽見他這邊死氣沉沉的，立刻就問「怎麼沒聲音了」，他只好馬上打開麥克風解釋，然後重新陪她入眠。

他知道她是懂分寸的人。如果不是真的害怕，絕對不會任性。

所以到了第三天，許爸爸從ＩＣＵ轉到普通病房，能吃能喝，一切正常了，許淮頌就開始考慮回國。

剛好呂勝藍來醫院，到了病房的隔間，看他戴著耳機，一旁的手機上顯示著語音通話的介面，心領神會，拿了張紙條寫：我忙完手頭的案子了，接下來幾天可以在這裡辦公，你要是有事就先回國吧。

許淮頌看了一眼字條，一時沒接話。

她繼續寫：許叔叔是我入行的恩師，我照顧他是應該的，放心吧。

許淮頌剛要拿筆寫字回她，卻聽耳機裡傳來阮喻的夢囈，她好像又哭醒了。

他沒來得及寫字，立刻對著耳機說：「作噩夢了嗎？我在這裡。」

那頭阮喻的聲音含含糊糊，過了好半天才緩過來：『嗯……沒事，我起來倒杯水……』

「嗯，先開床頭燈，記得穿拖鞋，走路當心，別喝冷水。」許淮頌的語速放得很慢，好像也不是真的要囑咐她什麼，只是保持聲音不間斷，好讓她走到客廳的時候不會怕。

等她喝完水重新回到床上，他又說：「蓋好被子，繼續睡吧，我不會掛。」

過了二十多分鐘，阮喻的呼吸回復平靜，覺得她應該能安睡一會兒了，他才輕輕關了耳麥，然後抬頭跟一旁站了很久的呂勝藍說：「不好意思。」

呂勝藍搖搖頭示意沒關係，猶豫了一下問：「她出什麼事了嗎？」

許淮頌簡單解釋：「嫌疑犯挾持人質，她被警方請去輔助談判。」

「談判成功了？」

「嗯。」

「她是不是當時表現得太鎮定了？」

許淮頌皺了皺眉。

呂勝藍繼續說：「我在這方面做過研究，按照她的性格，事發當時如果強行克服自己的內心壓力去完成了談判，事後很可能引起心理反彈。」

許淮頌的眉頭皺得更厲害：「妳的意思是，需要聯繫心理醫生嗎？」

「那倒應該不至於，但如果她身邊現在沒有人，也沒有其他重要的事件可以轉移注意力，這種情況持續久了，對她身心健康影響會很大。你要嘛請別人幫忙照顧她幾天，要嘛儘快回去。」

許淮頌拿出手機，打開訂機票的介面。

「她入睡困難的話，你回去的時候，儘量避開她的睡眠時間。」呂勝藍補充。

他嗯了一聲，抬起頭說：「謝謝。」

阮喻第二天清早醒來的時候，發現和許淮頌的語音斷了。

訊息視窗裡有一條他的留言，來自半個小時前：我現在準備起飛了，會在妳今晚睡覺前趕到。妳好好吃飯，在家等我。

阮喻把游標點到輸入框上，打了個「嗯」字，想到他看不到，乾脆刪了。

她正打算起床洗漱，忽然手機一振，又收到一封訊息，來自許懷詩。

許懷詩前幾天被劉茂送回蘇市的時候，和他要了她的微信。

許懷詩：姊姊，我寄給妳的快遞現在在派送了，妳記得簽收一下喔。

阮喻昏昏沉沉地回過神來，打字：到底是什麼啊？

許懷詩前天向她問了地址，說有一樣很重要的東西要寄給她，但又不肯講到底是什麼。

許懷詩：妳等等就知道啦。

這封訊息剛收到，門鈴就響了。阮喻披了衣服匆匆下床，出去打開門，從快遞員手裡接過一個包裹，關上門後，拿刀子拆開包裹。

然後，她看見了一部看起來很陳舊的諾基亞老手機。這手機大概是十多年前的款式了，是老街巷裡騎著三輪車，拿大聲公循環喊著「回收舊手機、報廢手機」的人常常會收走的那種非智慧型手機。

阮喻差點以為自己穿越了。

她愣了愣，幫這支老手機拍了個照，貼上對話視窗問：妳是不是寄錯快遞啦？

許懷詩：沒，姊姊，妳開機看看草稿箱吧。

現在的小女生真會玩啊。還草稿箱呢，這是用另一種方法寫情書給她嗎？

因為夜裡作噩夢出了一身冷汗，她沒立刻開機，把包裹放到茶几上，先去洗了個澡，等從浴室出來以後，就看見自己的手機裡多了一條許懷詩傳來的新訊息。

長長的篇幅占滿了整個螢幕。

姊姊，妳看到了吧？對不起，是我意外發現這支手機，擅自偷看、改編了草稿箱裡的故事。也是我膽小、不敢承認，在妳陷入抄襲糾紛的時候，撒謊隱瞞了事實。還是我，偷偷人肉了妳的姓名，查了妳的資料。

這樣的我已經夠差勁了。這次在杭市跟妳相處了一天一夜，看到妳還在為這件事費心追查，我想我要是再不說，就得永遠差勁下去了。

姊姊，妳不原諒我也沒關係，討厭我也沒關係，但我哥在事發第四天才知道這件事。他放下馬上要開庭的案子趕回國，原本打算跟妳說明真相，但看妳一直裝不認識他才遲遲沒開口。

所以，如果可以的話，請妳一定要原諒他。

他是真的，真的很喜歡妳啊。

看完長長的文字，阮喻握著手機傻在原地。

這些話，一個字一個字分開來，她全都認識。但它們連在一起是表達什麼意思，她似乎一下難以反應過來。

再往上翻，上面還附了一張截圖，顯示一個微博帳號的後臺：@一個寫詩的人。

呆站了兩分鐘，阮喻呆滯又遲緩地轉頭拿起了茶几上的舊手機，開機，點進草稿箱。

327封未發送的草稿。

她來回翻了一圈，隨手點開一封來看。

鄭老師拿給我們班的那篇考場範文，是妳寫的吧？

什麼考場範文？阮喻皺了皺眉，有點不解，繼續翻。

妳爸爸問我為什麼老在三〇一彈琴，我不敢說，是因為從那間琴房的窗戶望出去，剛好能看見妳。

她眉頭鬆開，按在手機方向鍵上的手指一頓，這下她好像明白了，這些草稿是誰寫給誰的。

妳的座位換到了窗邊，為了在走廊罰站看妳，我遲到了。

妳還會來操場上體育課嗎？我已經跑了五圈了。

花澤類不吃炸雞吧？

妳說喜歡雨後初晴的天氣，那校慶的時候，彈《After The Rain》吧。

妳們班那個揪妳辮子的男生跟我借英文作業，我沒給他抄。

藝文館樓下那隻貓一直在叫，我餵牠吃了罐頭。但其實我不喜歡貓，我喜歡妳。

我要去美國了，有沒有什麼辦法，能讓妳至少記得我一下。

那牽一次妳的手吧。

不太美妙的按鍵音嘟嘟響著。阮喻的睫毛不停發抖，她扶著沙發慢慢坐了下來，渾身的力氣都像被這一封封簡訊抽乾。

她明白了。

為什麼她的大綱沒有丟失。

為什麼他的付款密碼是 3090017。

為什麼他知道她怕高。

可她還是難以相信。

唯一能跟這些簡訊對應上的只有她的記憶。然而這一刻，她所有的記憶都變得遙遠模糊，不真實起來。

高中時代的所有認知，因為這些簡訊，被硬生生拆分成兩個版本——兩個完全不同的版本。一個屬於她，一個屬於許淮頌。

如果這些草稿寫的內容都是真的，為什麼她當初一點也沒發現？她怎麼可能一點也沒發現？

阮喻陷在沙發裡，像急於求藥的病患，來來回回翻著三百多條草稿，企圖找到一條能夠直接證明許淮頌當年也喜歡著她的證據。

最後，她看到了這一段：妳分給我們班的同學錄，沒有給我的。他們回收的時候，我自己夾了一張進去。運氣好的話，妳會看到吧？

同學錄……

阮喻驀地站起來，放下手機，跑進房裡。

從老家閣樓的舊箱子裡帶回來的，除了她的日記本，還有一些雜物，也包括一本同學錄。那本同學錄裡是厚厚一疊活頁紙，拆開後，可以把裡面五顏六色的紙一張張分給別人。

她當然沒有分給許淮頌。她以為他根本不認識她，就連傳給十班的那幾張也是因為紙太多了用不完，隨手拿去的。

畢業季，同學錄滿天飛，填的份數多了也就變了味，到後來大家都開始不用心，隨手畫個笑臉，寫句「要記得我喔」就敷衍了事，所以收回來之後，她當時也沒仔細看。

原本之後是一定會翻閱的。但畢業旅行的時候，許淮頌失了約，那天過後，高中時代的所有紀念物就都被她丟進了箱子，刻意地迴避。

阮喻跑到房裡，拿出那本同學錄來，蹲在地上瘋狂地翻找。

一大疊五顏六色的紙被翻得嘩啦作響，直到一張白色紙張映入眼簾，她的手像被按下了暫停鍵，懸在半空一動也不動。

這張和其餘色調格格不入的紙上，沒有填寫姓名、星座、血型、愛好等任何資訊。只有短短一句話，字跡工整，落筆遒勁，她一眼就認出了這是誰的手筆。

他說：『願妳在五光十色的明天裡歡呼雀躍，就算我什麼都看不見。』

阮喻癱坐在地上，一瞬間熱淚盈眶。

晚上十點的時候，她一個人坐在燈火通明的客廳裡，抓著兩支手機發呆。

這個時間，許淮頌應該下飛機了。但他沒有傳訊息給她，而她也沒有主動聯繫他。不知道為什麼，她覺得，他們現在可能一樣忐忑。

許懷詩雖然自作主張寄來了他的手機，但不會連一聲招呼都不打，至少應該是「先斬後奏」了。所以，他在下飛機的那一刻就知道，她明白了真相。

時間一分一秒地流逝，十點半了。

他在怕什麼呢？怕她責怪他嗎？她原本是應該責怪他的。這麼久的欺瞞，這麼久的沉默。可是當她跟傻子一樣又哭又笑地讀完三百多封簡訊，忽然覺得什麼都不重要了。被騙也好，被耍得團團轉也好，這些已經過去的所有，都沒有「他現在要回來了」這一點重要。

他要回來了，她不用活在他看不見的明天裡，這才是最重要的。

阮喻在房間裡打轉，最後咬咬牙，撥通了許淮頌的電話。然後，電話鈴聲在離她很近的地方響了起來。這詭異的瞬間嚇得她下意識地啊了一聲，按了掛斷鍵。

下一秒，家門立刻被敲響，配上許淮頌的聲音：『怎麼了？』

「……」

阮喻拍著胸口去開門，苦著臉說：「嚇死我了，你怎麼來了也不出聲？拍恐怖片嗎……」

這個意外的插曲打破了兩人之間本該有點微妙又尷尬的氣氛。

但很快地，許淮頌的沉默又把她重新拉回那種忐忑裡。兩人一個門裡一個門外，四目相對，一瞬無言。

半分鐘過去，許淮頌張了嘴：「對不……」

「許淮頌。」阮喻忽然打斷他，一句話哽在嘴裡似的說：「我們重新認識一下吧。」

誰都別演了。他不要再戴著面具瞻前顧後，她也不要再為了占據主導權用盡心機。他們應該用真實、坦誠的面貌，拿出全部的自己，重新認識一下。

許淮頌一時沒反應過來，愣住了。

阮喻閉了閉眼，鼓起醞釀了一整天的勇氣朝他伸出手，擺了一個握手的姿勢，說：「你好，我是畢業於蘇市一中三年九班的阮喻，曾經非常喜歡你，現在……」

「等等。」許淮頌也打斷了她。

阮喻的眼底掠過一絲錯愕。

緊接著，他原本緊繃的表情鬆懈下來，忽然笑了一下：「這種話，應該由我先說。」說完後朝她伸出手，也擺出一個握手的姿勢，「妳好，我是畢業於蘇市一中三年十班的許淮頌，曾經非常喜歡妳，現在，比曾經更喜歡妳。」

阮喻的鼻子又酸了，癟著嘴傻站著半天都沒動。

許淮頌低頭看了一眼自己懸空的手，問：「還握不握手？」

她剛打算說「握」，卻聽他立刻接了後半句：「不握的話，抱一下吧。」說完，順勢握住她的手，把她往懷裡一帶。

阮喻嚇得哎了一聲，下一瞬間，走廊轉角處砰的一聲悶響，不知是誰的腦袋撞上了牆。

保持著擁抱姿勢的兩人一起轉頭。

轉角處，那個之前在電梯裡鬼吼鬼叫的女高音選手探出半個身子說：「不好意思啊，我剛從健身房回來，爬樓梯上來聽見你們好像在對劇本演戲，就好奇了一下，對不起對不起，打擾了……」

許淮頌、阮喻：「……」

阮喻僵著手腳，緩緩掙脫了許淮頌的懷抱，整了整衣服，理了理頭髮，朝孫妙含呵呵一笑：「是在對劇本呢，剛演完一幕，我們先進去再對一下細節。」說完，扯著許淮頌的衣袖把他往屋裡拉。

公共場所，被聽到也怨不得誰了。

門關上後，她捂臉望天：「臉丟大了……」

沒想到許淮頌忽然從背後靠了過來，認真地問：「進來了，要對什麼細節？」

這句曖昧不清的話，一定是許淮頌故意的。

通過327封簡訊的閱讀理解，阮喻得出結論，這個人的內心遠比表面上看起來還溫柔，但也遠比表面上看起來還壞。

七分紳士三分痞，一箭直穿少女心。

現在這節骨眼要對什麼細節？順他的意，研究怎麼擁抱更加符合人體構造原理，然後練習個千百遍？

她朝他皺了皺鼻子，故意不接他的話，說：「是有個想不通的細節要對。」說完轉頭拿起桌上的那支老手機，「我很好奇，它在重見天日之前，到底是怎麼安然度過這麼多年的？」

「我走的時候把電池拆下來，放進密封盒裡了。」許淮頌笑了笑，「當然，這還要問問諾基亞，是怎麼製造出這種奇跡的。」

阮喻跟著笑了笑，笑過之後卻是釋然。

他們的確遇見了奇跡。

即將拆遷的老房子、多年不壞的手機、把簡訊寫成小說的許懷詩、鬧大抄襲事件的岑思思，所有角色在這個奇跡裡缺一不可。

但奇跡的開始是什麼？是許淮頌用心保存了這支手機，是他在離開的時候，潛意識裡留了一絲關於她的希望。

奇跡的開始，是他沒有放下她。

第十二章　七分紳士三分痞

阮喻在原地沉默了很久，最後不再執著於這些，虛虛指了指他襯衫上第四顆鈕子，在胃的位置：「說了半天，你不餓嗎？」說完就轉頭去了廚房。

許淮頌笑著跟進去：「我在飛機上吃過了。」

「那我不做宵夜了喔。」她拿起一盤裹好蛋糊和麵包粉的雞翅給他看。

許淮頌一瞬間愣住了，然後明白了她為什麼要做這個，笑著說：「做吧，我吃。」

阮喻一邊回頭繫圍裙，一邊忍著笑嘆氣：「三百多封簡訊，居然有二十幾封提到了炸雞，你上學時到底在想什麼呢？」

許淮頌咳了一聲：「是學校餐廳太難吃了。」

「可是炸雞吃多了不會膩嗎？」

「所以那時候我們還外帶小火鍋。」

阮喻一邊洗手一邊驚訝地問：「在哪裡吃？」

「藝文館。」

這麼神聖的地方，竟然被沾染上這種世俗的氣息，難怪許淮頌會藏起他的真面目，不肯讓她知道。鋼琴王子變成火鍋辣哥，真的不是一點點幻滅。她嫌棄地看他一眼。

他似乎有點被氣笑了：「是妳說要重新認識一下的。」

「那有人來了怎麼辦？」

「我彈琴掩護。」

「……」

她笑著嘆口氣：「想回到十六歲了。」

「要幹嘛？」告誡十六歲的自己擦亮眼睛，許淮頌其實一點也不男神？

但阮喻說的卻是：「跟你混啊。」她笑嘻嘻地看他一眼，「我高中過得太安分了，不好玩，跟著你有炸雞還有火鍋，應該很有趣。」

許淮頌認真地思考了一下：「不被妳爸打死的話，是很有趣。」

兩人同時笑出聲。

過了一會兒，阮喻開始說：「如果我爸媽不是我們學校的老師，我還真不一定……」

她說到一半沒說下去，但許淮頌懂了。她是想說，她不一定那麼安分、那麼乖，說不定哪天鼓足了勇氣，就在畢業前跟他告白了。

廚房裡陷入了沉默，兩人好像都在想像那個「如果」。

許淮頌覺得自己沒把握。他能在不清楚她心意的情況下選擇離開，但如果她主動表明，他還能那麼一走了之嗎？應該做不到了吧？

咕嚕嚕熱起來的油打斷了阮喻的想像。她開了抽油煙機，準備炸雞翅，叫許淮頌走遠一點。但他就是不肯走開，等她把一盤雞翅炸完，襯衫上全沾上了油煙味。起初還不明顯，等吃完宵夜以後，炸雞沒了，炸雞味卻猶存，而原本該睡覺的許皮皮卻開始騷動，拚命地往許淮頌的身上蹭，阮喻就知道問題出在哪裡了。

她坐在他對面，遠遠看著橘貓「吃」人的一幕，說：「你真的是沾上人間煙火了啊。」

許淮頌抱著貓笑：「那妳請我洗個澡吧。」

阮喻一愣，恍然驚覺：「你剛才是故……」她說到一半就頓住了。按照許淮頌的心機，這一身炸雞味絕對是故意的。但這件事不戳破還好，一戳破，緊張的還是她。

畢竟按照正常發展，洗澡的意思是留宿吧？她心臟蹦蹦跳了起來，結結巴巴地接話：「你、你也沒帶換洗的衣服啊……」

「帶了。」

阮喻左看右看。不對吧？她記得很清楚，他抱她的時候是兩手空空的。

「在樓下車裡。」許淮頌解釋。

喔，這是準備了兩種計畫。如果她接受了他，他隨時能夠把衣服拿上來，反之也不會讓自己顯得太性急。

阮喻的目光變得有點閃爍。

看她並沒有直接拒絕，許淮頌放下貓，站起來往門外走：「我去拿。」

「噯……」在他經過她身邊時，阮喻一把扯住他的衣袖，抬起頭用含含糊糊的聲音問，「你這是要……留宿嗎？」

許淮頌舉起另一隻自由的手，食指中指併攏，往她的腦門上輕輕一按：「想什麼呢？」

「沒想什麼啊。」她腰桿挺直地說，「你要留宿的話，我得去整理客房吧。」

許淮頌笑笑：「我留，不宿，最近作息亂七八糟的。」又解釋，「妳不是睡不好？我就是為了這件事飛回來的，難道要再回去飯店跟妳語音通話？」

阮喻低低喔了一聲：「那你去吧。」等他離開後，她飛快掏出手機，跟沈明櫻彙報進展。

沈明櫻：不用收拾客房。百分之五十的情侶在確定關係的初期，面對住宿問題都會選擇矜持，比如住飯店非要訂兩張單人床的房型。但事實證明，最後夜深人靜，兩張床一定會變成一張床，結果就是兩人擠在一張小小的床上，一起思考為什麼之前不直接訂個大床房。所以，如果妳現在收拾出了客房，到時候一定也會後悔白費了力氣。

看完這段經驗談的阮喻陷入了沉思，一直等到許淮頌回來也沒想出個所以然。看她坐在原來的位置上一動不動，他走過來的時候，眼色明顯深了幾分。

對上這個眼色，阮喻後知後覺地意識到，自己好像被沈明櫻坑了。

不管最後發展成什麼樣子，收拾客房至少是態度問題，她要是連收都不收，跟主動邀請許淮頌到她的房間來睡覺有什麼區別？

不妙。

她猛地站起來，扭頭就要衝進客房。

許淮頌像拎小雞一樣，輕輕拎住她的後頸衣領：「剛才不忙，現在忙什麼？很晚了，去洗澡吧。」

她縮著頭，回頭呵呵一笑：「要不然你先？」

許淮頌點點頭：「也行，我很快。」說完就拿著自己準備好的洗漱用品進去了，臨要關上浴室門，又補充一句，「我在飛機上睡了八個小時，晚上不用睡，妳不用整理了。」

阮喻喔了一聲，開始在門外坐立不安起來。

等許淮頌出來，就看見她眉頭緊鎖，來回踱步，右手握拳敲著左手手心，一副思考國家大事的模樣。

聽見浴室門啪嗒的聲響，阮喻回過頭，發現他還是整整齊齊地穿著襯衫和西裝褲，只不過因為穿了拖鞋，褲腳捲起了一圈，露出一截光裸的腳踝。白得相當好看的腳踝。

她飛快地移開目光，抱起一個衣籃，緊接著一言不發地進了浴室，一個澡洗得內心七上八下。但她洗完澡出來，卻看見許淮頌在陽臺找晾衣竿晾衣服。

所以，在她手忙腳亂聽著門外動靜的時候，他根本沒有像她一樣緊張不安，而是全程淡定洗衣服？這種行為雖然讓人很放心，但是，這是一個男人面對心儀的女人時應該有的正常反應嗎？

聽見身後的動靜，許淮頌回頭看她一眼：「妳出來幹嘛？趕緊去睡，我在客廳工作。」

這就……結束了？阮喻傻傻地喔了一聲，轉身回了房間，在床上躺了十分鐘，聽到外面真的一點動靜也沒有，摸出手機，再次傳了訊息給沈明櫻。

沈明櫻：……

沈明櫻：就這樣都沒發生什麼？

沈明櫻：他是不是最近很累？

軟玉：好像是，他說他最近作息亂七八糟的，不過這表示什麼？

沈明櫻：硬不起來。

阮喻正仰躺著，看見這句話手一抖，手機當面砸了下來。

她被砸得哎喲一聲，門外終於有了動靜。許淮頌在她房門上敲了三下，問：『怎麼了？』

她捂著腦門，疼得縮成一隻蝦子，苦著臉提高了聲音說：「沒事，手機砸在臉上了……」

門外安靜了一會兒，才再次傳來許淮頌的回應：『早點睡。』

緊接著，是一陣腳步漸漸遠去的響聲。

阮喻這下顧不得疼，拿出手機打字：我手機打到臉，他都沒進來關心我！

沈明櫻：妳手機為什麼會砸在臉上？

軟玉：他為什麼不進來關心我？

沈明櫻：哎喲，妳們這些初墜愛河的小女生喔，人家紳士一點嘛，就嚷嚷著為什麼這麼冷淡，要是真的和妳這樣那樣了，說不定又要哭著說才剛開始交往呢，怎麼就動手動腳。做男人也挺不容易啊。

沈明櫻傳完這段話就去睡了，留阮喻一個人縮在被窩，抓著手機咬嘴唇。

一門之外的許淮頌也眉頭深鎖著，手指在筆電的觸控板上時不時地滑動一下。面前的電腦螢幕上，滿滿中英文交織的心理學術報告。雖然呂勝藍當時只是隨口一提，也說應該沒大礙，但他還是在回國的路上，向一位在心理學領域頗有建樹的朋友諮詢了阮喻的情況。

對方跟他說，就算是看個恐怖片也可能會有創傷後壓力症候群，所以阮喻這幾天的表現還說明不了問題，建議再觀察一陣子。如果情況沒有好轉，反而愈演愈烈，就要考慮是否進行進一步診斷。

這個觀察是指看看阮喻脫離他的聲音後，能不能正常入眠。

原本許淮頌應該在不知會她「這是個測試」的情況下，放她獨自在家，並且跟她斷絕語音通訊。但他不放心她，於是折衷變成了現在這個狀態。

變成現在這樣，留她一個人在房間，而他隨時待命的狀態。

因為不想打擾她休息，他沒有開客廳的大燈，只點了一盞落地燈，電腦螢幕的光線因此顯得格外明亮，盯久了，眼睛疼得發疼。

看完第十篇心理學研究報告後，許淮頌摘下眼鏡捏了捏眉心，忽然聽見手機振了一聲。

一條特別關注的微博。

溫香：打到一千分了。

附圖是一張微信小遊戲「跳一跳」的戰績。

「……」

他在這裡費神研究她的心理狀態，她卻視他如無物地在房裡打遊戲，還跟粉絲秀戰績？

許淮頌冷靜了一下，但沒冷靜下來，戴上眼鏡起身去敲門。

裡面傳來一陣窸窸窣窣的響動，還有阮喻的聲音：『怎麼啦？』

「開門。」

阮喻飛快地鑽出被窩，坐起來理了理頭髮和睡衣、睡褲，點亮床頭燈，再調了一下燈罩的方向才說：『我沒鎖門。』

許淮頌壓下門把，站在門邊嚴肅地說：「十二點半了還在玩遊戲？」

阮喻坐在床上眨眨眼睛：「你怎麼知道得這麼快？你那麼關注我的微博啊？」

這不是明知故問嗎？

許淮頌也不跟她裝了：「當然。」

她呵呵一笑：「我睡不著就玩幾局。」

看她睡不著，許淮頌剛心裡一緊，忽然眼前一晃，覺得哪裡不太對勁。

房間裡沒開大燈，只有一盞暖色調的床頭燈亮著。燈罩的位置好像被人動過，導致光源此刻全都集中在阮喻身上，為她的臉打出一種完美柔光的效果，非常好看。

他一愣過後，忽然低頭笑了一聲。

阮喻咳了一聲：「我說我睡不著，你笑什麼啊？」

許淮頌沒回答，轉身關掉客廳的落地燈，再走回來時說：「我陪妳睡就睡得著了？」

房門被他反手關上，看他笑得意味深長，阮喻一下失去言語能力，有一種引狼入室的危機感。還真像沈明櫻說的一樣，既怕他不來，又怕他亂來。典型的，戀愛中的麻煩精。

但並沒有發生令她擔心的事。許淮頌只是在她的床沿坐了下來：「好了，我就坐在這裡，可以放心睡了，躺下，手機交給我。」

溫柔的指令有時比嚴肅的更容易讓人聽話。阮喻很受用，乖乖交出手機，縮進被窩躺了下來。空調開在溫和的二十八度。許淮頌的身體遮住了光源，周圍的亮度也剛好適宜，閉上眼睛，就像在春風裡游泳。

阮喻捏著被角，抿嘴偷偷笑了一下。這個不疏遠又不過分親密的距離讓人心滿意足。

許淮頌瞥見她揚起的嘴角，伸手把她額前的瀏海撥開一些，另一隻手拿出手機，傳訊息給那位醫生同學：都有心思談戀愛，騙男朋友進自己房間了，心理創傷的問題應該不大了吧？

同學：你問問題就算了，大半夜的非要閃瞎我？你女朋友是沒陰影了，但我有陰影了懂嗎？

許淮頌對著手機笑了一下，笑完突然覺得背脊有點發涼。頭一側，只見阮喻正睜大著眼睛看著他。

他下意識地關掉手機螢幕，然後聽見她悶悶的聲音：「大半夜的，跟誰傳訊息啊？」

「朋友，男的。」他立刻答。

「那你怎麼一臉……」少男懷春的表情。

許淮頌愣了愣，笑起來：「因為在聊妳。」

她的臉一下子亮了起來：「聊我什麼？」

「妳不會想知道的。」

她皺了皺眉，爬起來：「你說我壞話？」

他搖頭：「沒有。」

阮喻瞥瞥他：「不說拉倒。」

「說。」許淮頌笑了笑，清清嗓子，「在聊我被我騙進房間的事。」

「……」

看她一臉石化的表情，他壓低聲音補了一句，眼神還有點無辜：「我說了，妳不會想知道的。」

阮喻的臉一下漲紅，深吸一口氣，一把拉上被子，背對他鑽進被窩，悶在裡面說：「你可以出去了。」

他笑著靠過去：「生氣了？妳不打破砂鍋問到底，我也不會戳破妳。」

阮喻捂住耳朵，不聽。

許淮頌上了床，再靠過去一點：「好了，是我自己要來陪妳的，行了吧？」

「你再提這件事，客廳也別待了！」

他投降：「不說了，妳出來，悶在被子裡睡不好。」

阮喻不是鬧脾氣不出來，而是臉太燙了，紅到快滴出血，沒辦法才悶著不動。

許淮頌不知道，還去扯她的被子。

「哎呀，你幹嘛……」她死扯著這層「遮羞布」不讓他動，最後經過一頓掙扎，還是被他拎了出來。她一邊喘著氣抓頭髮，一邊恨恨地瞪他。

許淮頌發笑：「我三百多封簡訊，那麼多心機都被妳看光了，也沒說什麼。」

「那是你活該，誰叫你之前假裝什麼都不知道地看我小說，還逼我念……」她說到這裡猛地住嘴。

真是哪壺不開提了哪壺。

果然下一秒，許淮頌輕輕嘆了一聲，彷彿失憶似的問：「我逼妳念什麼了？」

她轉頭就要躺下去：「沒什麼，睡覺。」

許淮頌拉住她的手臂：「說清楚再睡。」

阮喻頓了頓，覺得這件事確實需要說清楚，於是比出一個發誓的手勢：「那我跟你鄭重聲明，那段內容是為了哄讀者虛構的，我絕對沒有做過那種……那種……」

許淮頌低頭笑了一下，用輕到自己都聽不清的聲音說：「可是我做過。」

「你說什麼？」

他抬起頭，笑了笑：「我說，編得還挺像樣的。戀愛沒談半個，吻戲能寫得這麼逼真？」

阮喻撥了撥瀏海，挺直腰背，壯大聲勢地說：「那當然，幹我們這行的，少了真才實學怎麼行？沒吃過豬肉，也見過豬……」

她說到這裡，忽然看見許淮頌摘掉眼鏡靠了過來。

阮喻一頭霧水，盯著近在咫尺的人說：「你、你幹嘛？」

許淮頌眨了眨眼，睫毛在她的眼底陷落一片陰影，笑了笑：「想餵妳吃豬肉。」

不等她反應過來，唇上一軟一涼——許淮頌斜坐在床上，一手撐枕頭，一手捧她臉，吻上了她。

阮喻的腦子裡瞬間炸開一大片白光，心臟猛地一跳，分不清東南西北，下意識地往後挪。因此他沒有深入，一碰即分開，雖然唇與唇分開了，但鼻尖卻還和鼻尖碰在一起。

這麼近的距離，兩個人都停止了呼吸。

阮喻揪住床單，手一點點抓緊，因為不敢喘氣，一張臉憋漲得通紅。

許淮頌彎起嘴角，用鼻尖點了一下她的鼻尖，然後離開了她，微微歪著頭，一副怡然自得的模樣。

他太氣定神閒了，就像八年前撒著「牽錯了」的謊，看起來沒有半點心虛。

可是阮喻不行。她被剛才那個蜻蜓點水似的吻，還有他現在的眼神惹得發暈，眼前像有五顏六色的煙火同時炸開，轉頭就要逃下床。

許淮頌從背後拉住了她，把她扯進懷裡，讓她的左耳貼住他的心臟。

阮喻愣了愣，片刻後，聽見頭頂傳來他含笑的聲音：「看表情是看不出來的，妳要聽。它真的比煙火炸得還猛。」

阮喻是在右半邊的床鋪睜開眼的。

天已經亮了，但她睜了眼卻像沒醒來，渾身輕飄飄的，記憶還停留在昨晚那個吻，停留在那個吻結束後，在她耳朵裡劈哩啪啦炸開的，許淮頌的心跳。

她在他的懷裡待了很久，跟他說了很久的話，聊著高中的事，一直到不知不覺睡著。

臥室忘了拉上雙層窗簾，清晨的日光隱隱透進半透明的輕紗，讓整個房間充滿一種不真實的虛幻感，以至於阮喻乾瞪了很久的眼才回過神，緩緩偏頭，看見了左半邊床上的人。

許淮頌背靠著軟枕閉眼，看起來似乎睡著了。他沒有進她的被窩，就穿著襯衫、西裝褲坐在被子外面，與她隔著適當的距離。

阮喻記得，昨晚她好奇地問他，當初是怎麼注意到她的。許淮頌說答案很沒意思，不是她想像的那種，最後才在她的追問下說了實話。

原來一切的起源，不過是在男生宿舍，他下鋪的同學說了一句：「我們班導的女兒長得滿可愛的，你們誰有興趣發起『老師變老丈人』的挑戰？」

並沒有驚心動魄的浪漫邂逅，只是青春期的男孩子們之間，這麼一句隨口的調侃而已，確實很平凡，卻就像這個太陽照常升起的早晨一樣，平凡卻美好。

阮喻看了許淮頌一會兒，躡手躡腳地爬出被窩，想把他掰成平躺、舒服的姿勢，手剛碰到他的肩就看他忽然睜開了眼。

她輕巧地縮回手：「你醒得怪嚇人的……」

許淮頌睜著睡意曚矓的眼笑了笑，輕輕抬了一下她的下巴：「妳幹嘛？」

「想讓你躺下來睡，我要起床了。」

她是到起床的時候了，但許淮頌最近作息紊亂，坐了大半夜，天亮才犯睏，現在正是想睡的時候。他嗯了一聲：「那我睡一下。」說完就躺了下去。

阮喻爬下床，幫他把臥室的窗簾拉上，然後出去洗漱。

但許淮頌沒辦法睡上多久，剛睡熟就被一陣手機的振動聲吵醒。

他閉著眼摸索床頭櫃，半天才拿到手機，瞇著眼接通以後低低喂了一聲。

電話那頭瞬間死寂，沉默了三秒鐘後，傳來一個奇異的聲音：『咦？打錯了嗎？』

許淮頌驀地睜開眼，從床上坐起，移開手機一看——螢幕上顯示的名稱是「爸爸」，但當然不是他爸。這是阮喻的手機，不是阮成儒打錯了，是他接錯了。

話筒裡接著響起一句疑問：『沒打錯啊……』

許淮頌吸了口氣。沒想到之前端午節精心準備了一番，卻白忙一場，最終在這猝不及防的時刻直接碰上「老師變老丈人」的挑戰。還沒來得及正式拜訪，就在一大清早這種曖昧的時間點打了個曖昧的照面，絕對不是理想的兆頭。

許淮頌在進退之間猶豫了片刻，還是認了，重新拿近手機，低咳一聲說：「老師，您沒打錯，我是淮頌，您等一下。」

電話那頭死寂得更久，過了一會兒，響起一陣窸窸窣窣的動靜，像是阮成儒和曲蘭正在召開緊急會議。

許淮頌拿著手機，像拿著一顆定時炸彈一樣輕輕走出房間，推開了廚房的門。阮喻正在裡面煎蛋，回頭看見他還訝異了一下：「你怎麼起來了？不是要再睡……」

許淮頌立刻比了手勢打斷她，舉起手機給她看，比嘴型：妳爸。

阮喻嚇得睜大了眼，也跟他比嘴型：你怎麼接了？

許淮頌：接錯了。

她一把關了火，衝上去搶手機：「爸。」

電話那頭開緊急會議的聲音立刻停止，阮成儒清清嗓，彷彿什麼也沒發生一樣地說：

『喔，喻喻啊，妳在哪裡啊？』

阮喻望著天花板認栽：「在家……」

『自己家嗎？』

「對……」

阮成儒若有所思地喔了一聲。

氣氛陷入尷尬。

阮喻用食指狠狠地戳許淮頌的肩，聽見電話被曲蘭接了過去：『喻喻啊，妳爸打電話給妳是想問，周俊那孩子現在怎麼樣了？』

「就是被拘留在杭市，具體情況我也不太清楚。」阮喻看了一眼許淮頌，想說乾脆豁出去了吧，「要不然叫淮頌跟你們說吧。」

『啊，好。』

阮喻癟著嘴把手機遞給了許淮頌。

許淮頌清了清嗓子，回答曲蘭：「曲老師，我們律師事務所的同事已經接手了這個案子，前天提了會面申請，最遲在今天中午之前能跟他見面，了解案情。」

『那孩子不能出來是嗎？』

「對，警察還在偵查，如果之後沒有進一步的發現，按照他的情況也不能交保候傳，要一直羈押到庭審結束看結果。」

『那要多久才能開庭啊？』

「這個不好說，最理想的情況也要四五個月。」

電話那頭傳來一聲嘆息：『這孩子，我總覺得他做不出那種事……』

許淮頌繼續說：「您別太擔心，這件事我會盯著。之後的調查情況，我們事務所的同事可能會去拜訪您和阮老師，了解一下前幾天的詳情。」

兩人聊完後掛斷電話，許淮頌剛要把手機遞回給阮喻，掌心卻再次傳來了振動。他低頭一看，發現這次來電的人是李識燦。

許淮頌咬了咬牙。這一前一後兩通電話，要是能顛倒順序就完美了。

阮喻看見李識燦的來電也有點意外，說：「他平常沒事不會打電話給我。」說完，伸手就要從許淮頌的掌心裡抽回手機。

許淮頌死死捏著手機不動，眼神冷漠，無聲對抗。

阮喻哭笑不得：「幹嘛啦，我開擴音總行了吧！」

他這才鬆了手。

阮喻接通電話，喇叭中傳來李識燦的聲音：『學姊，我剛聽說前兩天郊區的新聞，妳那裡現在沒事了吧？』

阮喻看了許淮頌一眼，答：「沒事了。」

『那就好。』似乎有人在催李識燦上妝，他應了一聲後匆匆說，『我先去忙了。』

「好。」

短暫的通話結束，阮喻一臉「你看，我說沒什麼了吧」的表情，見他睏倦地笑了笑，似乎打算繼續睡覺，又拉住他，叫他先吃早餐。

許淮頌就留在客廳吃了兩碗粥，接著順便在餐桌上用手機處理了幾封郵件，然後熬不住睏意又回了房。

阮喻沒打擾他，整理了客廳、廚房，中午草草吃過一個麵包之後一直窩在沙發上，拿平板看寰視編劇組傳過來的劇本。直到黃昏時分，她才伸個懶腰爬起來，把平板放回桌邊，準備去做飯。

這一下，她發現許淮頌放在桌上的筆記型電腦一直沒關。她用滑鼠點開螢幕，剛打算幫他關機，又想到他可能有文件沒存檔，所以輸了密碼進去確認。

然後，她看見了整個螢幕的心理學研究報告。阮喻愣在原地，仔細看了幾行報告上寫的相關症狀，恍然大悟。

許淮頌剛好在這時候起床，打開臥室門。兩人四目相對，阮喻起先的第一反應是緊張，擔心許淮頌誤會她在查他電腦，可是看到他那個無奈的眼神，她就知道，他根本沒往那方面想。他不過是在懊惱自己忘記關掉文件，被她發現了。

她心底一軟，踩著拖鞋走過去。到了他面前，伸手環住他的腰，悶了一會兒才說：「許淮頌，你真好。」

許淮頌抱著她低低笑了一下：「我餓了。」

她鬆開手：「我去做晚飯。」

「別忙了，出去吃吧，吃完我送妳回來，然後去事務所討論周俊案，忙完可能就就近回飯店。妳今晚自己睡，睡不著的話跟我講電話。」

阮喻點點頭，喔了一聲。

許淮頌低頭看她一眼，琢磨了一下她的表情，說：「還是妳想跟我一起去？」

「也沒有。」她笑著仰頭看他，「就是想問問，你們缺不缺端茶遞水的小妹？那種隨叫隨到，不吵不鬧，長得還挺可愛，有可能讓人看著看著就迸發出火花靈感，一舉破案的。」

許淮頌輕輕嘆了一聲：「破案是警察的事，不是律師的。」

「……」

阮喻扭頭就走：「當我沒說。」

許淮頌拉住她：「不過適當的刺激有可能開發人腦的潛能，這個，律師也需要。」

她回過頭：「什麼刺激？」

許淮頌笑笑：「我們事務所……有很多單身男士。」

吃完晚飯，許淮頌打了個電話給劉茂，詢問負責周俊案的同事在不在。得到肯定的回覆後開車過去。

劉茂轉頭在事務所裡說出這個消息。辦公室裡，三三兩兩伸著懶腰，準備下班的律師們一起定住，像被命運扼住了咽喉。

剛關掉檯燈的一位率先把燈重新打開，說：「突然想起還有一封信沒寫，你們先走吧。」

緊接著，剛闔上筆記型電腦的一位也一拍腦袋：「哎呀，看我這個記性，漏了一份報告沒做。」說完也坐了下去。

一瞬間，整個辦公室如風過草伏。

一分鐘後，一切都回到了半個小時前井然有序的狀態，只是劈哩啪啦的鍵盤聲和嘩啦啦的翻書聲顯得更專注認真了。

提著包包站在門口的劉茂嘆了口氣，也回了辦公室。

櫃檯的兩個年輕女孩也一起忙了起來。

「妳說許律師喜歡喝什麼呢？」

「咖啡吧？」

「濃縮？美式？拿鐵？摩卡？」

「每種都準備就錯不了，妳這麼興奮幹什麼？」

「哎呀，上次許律師回國，妳肯定不在吧？見過本人，妳現在就不會這麼淡定了！」

半小時後本人出現。

兩人整裝待發，剛要以八顆牙的完美笑容熱情迎接，但咧嘴笑到一半，只露了四顆牙就僵住了。

事務所門口，她們的許律師牽著一個女孩子，意氣風發地走來。

被牽著的女孩子全程沒看路，偏頭笑著跟他說話。走樓梯的時候，他手裡使了把勁，扯了她一下說：「走路看路。」

女孩子癟癟嘴，把手從他掌心抽回來，有那麼一絲強詞奪理的架勢，嘟囔道：「還要我看路……手是白白給你牽的嗎？」

然後，她們看見，她們的許律師笑著把人家女孩子的手又搶了回來，說：「那我看。」

兩人連四顆牙的笑容也沒了，振作了一下才恢復正常的表情，在許淮頌和阮喻經過櫃檯時齊聲說：「許律師好！」

許淮頌停下來，跟她們說：「叫人去我車上拿宵夜，分給大家吧。」

兩人趕緊應好，在他離開大廳以後才垮下臉來：「世界上最遙遠的距離，是上一眼剛淪陷，下一眼就失戀……」

「是我在這裡為他準備了濃縮、美式、拿鐵、摩卡，他卻為我帶來了強力閃光……」

兩人抱頭痛哭。

剛轉上樓梯的阮喻聽見這點輕微異響，回頭望了一眼大廳的方向，問：「她們怎麼了？」

許淮頌想了想，意味不明地笑了一下：「可能是有宵夜吃，很高興吧。」

兩人上了二樓大廳，許淮頌帶著阮喻站在門外，往裡頭望了一眼。

立刻有一群人站起來打招呼：「許律師。」

許淮頌朝他們點點頭，回頭跟她解釋：「這邊是辦公室，會議室在樓上。」

阮喻也向朝她投來目光的眾人點一下頭，往外扯了扯許淮頌的袖口。

他低頭看了一眼她的手，笑了笑，轉頭上樓，在路上問她：「幫妳找個地方休息，還是妳想跟我去會議室？」

「會議室吧。」

許淮頌點點頭。

兩人到時，劉茂、陳暉以及另一名女律師已經在會議室等了。幾人打過招呼後，有助理進來送咖啡。

阮喻見到後，欲言又止地看了許淮頌一眼。

對上她的目光，他接過咖啡的手一頓，擺擺手示意不喝：「給我白開水吧。」

劉茂看看阮喻又看看他：「終於知道養胃了啊。」

許淮頌瞪了他一眼：「你一個民事律師在這裡幹嘛？」

「咦？那你一個連特考都沒考過的在這裡……」

許淮頌的臉一黑，劉茂瞬間打住，顧及著他的面子沒繼續說下去。

阮喻抿著嘴，抬頭望向天花板拚命忍笑。

白開水來了，幾人進入正題。

負責這個案子的刑事律師叫張玲，看起來四十出頭，相當幹練的模樣。

阮喻聽陳暉稱呼她為「張姊」，想了想忽然想起來，這位大概就是許淮頌第二次回國那天在工地上碰到麻煩，導致陳暉匆匆趕去，無法送他們來律師事務所的女律師。

張玲遞了一疊文件給許淮頌，說：「跟委託人談完以後梳理了這份資料，你先看看。」又轉頭跟陳暉說：「小陳，講一下細節。」

陳暉走到白板前，拿起筆，一邊寫關鍵資訊一邊說：「按照委託人的說法，被害人遇害時，他本人並不在現場。案發前二十分鐘左右，正在駕車的他與被害人起了言語衝突，因此把車停在山路邊，下車透氣。」

「衝突原因？」許淮頌問。

「被害人在車上翻看委託人的手機，發現了幾封曖昧簡訊，疑似是證明他出軌的證據。」

「出軌行為確實存在？」

「確實存在。」陳暉點點頭，「委託人說是一個月前有一次，他在與被害人激烈爭吵後做出的酒後衝動行為，之後就與對方斷了聯繫，也就是一夜情。」

許淮頌點點頭：「繼續說當時的情況。」

「委託人稱他下車後，被害人也跟著下了車，雙方從言語衝突演變為肢體衝突。被害人指甲裡的那塊皮肉，就是當時從委託人手臂上抓下來的。接著，被害人放狠話說『一定有辦法讓你後悔』，回到車上駕車離開。

五十分鐘後，身在路邊的委託人接到被害人父親的電話。被害人父親在接到女兒的求救電話後，無法再次聯繫上她，在這段時間內報了警，並輾轉從多個管道取得了委託人的手機號碼。

被害人父親的情緒非常激動，開口質問委託人。通過對話，委託人得知半小時前，被害人曾在電話中向父親求助說『周俊，放開我』。他當時第一反應聯想到那句『一定有辦法讓你後悔』，誤以為這是她從中作梗。

於是，他撥打了被害人的手機，電話被已經趕到案發現場的警方接通。他聽到警笛聲，判斷被害人確實出事了。也是在那通嘈雜的電話裡，隱約聽見『行車紀錄器的記憶卡遺失，發現一把羊角鎚』這樣的話。

委託人匆匆掛斷電話，結合以上內容，懷疑被害人以死報復了自己，並打算以指甲裡的皮肉、羊角鎚的指紋，以及那通打給父親的電話，把自己的死歸咎於他。所以，委託人選擇了躲藏，並在半夜迫於無奈，借了路邊攤老闆的手機向頌哥你和阮小姐求助。」

許淮頌皺了一下眉頭：「是什麼導致他堅定地認為這是被害人的報復？光憑一句威脅性的話語，不至於得出這個結論。」

「對，這是本案的關鍵。」陳暉點點頭，「據委託人陳述，他會這樣認為是因為被害人曾有過類似的行徑。一個月前的一次爭吵，兩人不歡而散前，被害人傳過同樣的威脅給他，並確實在朋友圈發布了割腕照片，雖然最後證明是嚇唬他的，但還是讓他留下陰影。」

「這是對委託人有利的證據。朋友圈的動態還在嗎？」許淮頌立刻問。

「刪了，不過也許有目擊者，或者有機會復原。」

「警方那邊的進展呢？」

「暫時沒發現第二個嫌疑犯，警方懷疑嫌疑犯改編了真實情況。他們認為，被害人駕車離開屬於相對安全的行為，遇害更可能發生在委託人描述的那場肢體衝突中。」

阮喻聽到這裡皺了皺眉頭。

許淮頌捕捉到她表情的變化，問：「怎麼了？有看法可以說。」

她低低啊了一聲：「就是覺得『駕車離開相對安全』這個說法雖然合理，但不太合情。一般情況下，駕車方當然是比較占優勢的，可是在這個案子裡，得考慮到駕駛人是一名剛得知男友出軌的女性。」

許淮頌點點頭：「妳繼續說。」

「根據委託人的描述，我覺得被害人應該是個性情急躁、容易衝動的人，這樣的人怒氣沖沖地駕車離開後，真的能把車開到很遠嗎？如果我是她，知道男友……」

許淮頌咳了一聲，眼神頗為疑惑。

本來挺嚴肅的場合突然變得詭異起來，劉茂忍不住噗哧一笑。

阮喻撥了撥瀏海，清清嗓子：「我是說，在那種情況下，被害人可能開了一段路後踩了剎車，停下來冷靜。意外也許就發生在她停車後？」

張玲點點頭：「我認可這個推測。」

許淮頌也嗯了一聲。除了把自己代入這個例子以外，是挺值得認可的。

張玲續道：「目前了解到的情況就是這些，進一步的調查取證要等案子進入審查階段。」

許淮頌點點頭，翻資料跟她探討細節，直到接近十點，看見阮喻掩嘴打了個哈欠，他才闔上文件說：「不早了，今天就這樣吧，辛苦了。」

張玲和陳暉下了樓。

看到兩人回來，底下辦公室的律師們如釋重負。

有人感嘆：「不錯嘛，不到十點就結束了，我以為按照許律師的作息，你們會聊到三更半夜。」

陳暉一邊收拾資料，一邊嘖了一聲：「這你們就不懂了，知道什麼叫『短板效應』嗎？許律師睡覺的時間在半夜，但人家阮小姐睏了，能不按照女朋友的作息來嗎？」

有人哇地叫了一聲：「剛才那個，真的是許律師的女朋友？」

「我怎麼覺得這個姓氏這麼耳熟呢？前陣子，我們律師事務所是不是接了一位阮姓委託人的案子？」

「這麼一說，好像見過呢。剛才我就覺得很眼熟。」

「怎麼回事？律師跟委託人原來是有可能的嗎？為什麼我這麼多年接了這麼多樁案子，一個也沒成功？」

「呵呵，你也不想看看，你接的都是離婚案。」

「能不能叫許律師為我們說說追委託人的心得啊？」

「就許律師那種冷淡個性，估計是人家妹子死命倒追的吧？」

許淮頌和阮喻下樓的時候，剛好聽見這最後一句話。

阮喻還沒什麼反應，原本要轉下樓的許淮頌沉默了一下，放開她，轉頭進了辦公室。

一群八卦人士秒變嚴肅臉：「許律師好！」

許淮頌嗯了一聲，在門邊沉默地站了很久，久到眾人以為他會因為這些閒言碎語發火的時候，他卻笑了笑說：「第一，完整履行律師職責與義務的基礎上，在無傷大雅的環節，可以適當遷就委託人的訴求。」

眾人一愣，一頭霧水。

許淮頌繼續侃侃而談：「第二，可以借助談案，以公事為由額外約見委託人，推薦選擇吃飯時間會面。」

有人低低嘩了一聲，明白了他在回答什麼。

「第三，可以偶爾撒謊。比如在委託人家樓下，為了支開同事，叫同事接一通緊急電話，說事務所出事了，接著，順理成章地單獨進入委託人家談事情。」

不知道是誰帶頭鼓掌，辦公室裡一片掌聲雷動：「許律師，高招啊！」

許淮頌朝他們點點頭，微笑：「早點下班吧。」說完一回頭，就看樓梯旁的阮喻一臉快哭了的表情。

他牽過她的手往樓下走：「怎麼？知道我當初是故意支開陳暉騙妳，很委屈？」

「這個不重要了……」阮喻癟著嘴搖搖頭，「我又不在乎被不認識的人議論，他們是你下屬，你的面子比較重要啊，幹嘛……」

幹嘛為了維護她的顏面，特意去解釋到底是誰追誰的問題。

許淮頌笑著輕輕刮了一下她的鼻子：「我喜歡。」

第十三章　補給妳一段學生的清純之戀

回到公寓已經快十一點，阮喻洗完澡就睡了。許淮頌照舊在客廳繼續美國作息，用筆電工作。

半夜時她醒來一次，開門看他還坐在電腦前敲鍵盤，並且神情異常嚴肅。

許淮頌抬頭看到她出來，緊繃的臉瞬間緩和下來，問：「怎麼了，睡不著嗎？」

她搖搖頭示意沒有，幫他把客廳大燈打開：「美國那邊還有很多案子沒忙完嗎？」

他嗯了一聲，又解釋：「不過現在在看周俊的案子。」

「你不是專攻刑事的。」阮喻走到他旁邊坐下，「這些可以交給張姊啊。」

許淮頌沉默下來。

阮喻揉了揉睏倦的眼，托著腮不解，過了一會兒他轉過頭來看她：「這個案子，跟十年前我爸經手的那個有點像。」

她的瞌睡蟲一下子全跑了：「怎麼說？」

許淮頌抿了一下唇：「同樣沒有目擊證人，同樣缺乏決定性證據，同樣是現場線索都指向唯一的嫌疑犯，同樣是嫌疑犯拒不認罪，並且有一套在一般人看來相當戲劇性的說辭。」

「那十年前的那位嫌疑犯，後來怎麼樣了？」

「因為證據不足被判無罪釋放，現在應該還在蘇市生活。」

「真凶呢？」

許淮頌低頭笑了一下：「誰知道呢？也許就是那位嫌疑犯，也許另有他人。」

「十年了都沒有結果，那被害人家屬……」

阮喻沒有說下去。

許淮頌頓了頓，說：「被害人家屬認定嫌疑犯就是真凶，而我爸是幫他脫罪的幫凶，鬧了我們家整整兩年。如果不是後來我爸移居美國，可能直到現在都不會停止。」

阮喻一時詞窮，不知道該說什麼安慰的話，只好伸手摸了摸他的手背。

許淮頌偏過頭笑了笑：「沒什麼，被害人家屬的這個反應太正常了。因為我爸的辯護確實對案件的走向有非常大的影響。再說，對十年前的一般民眾來說，無罪推定是個很模糊的概念。你告訴他們，判刑不是一個蘿蔔一個坑，不能單純因為只有這個嫌疑犯就認定他有罪，民眾很難理解這個概念。即使是現在，空談的時候，也許不少人會認可疑罪從無，認可嫌疑犯的人權，認可程序正義；但當血淋淋的慘象真的擺在眼前，多數旁觀者的情感傾向還是會戰勝客觀判斷，更何況是被害人家屬。」

「那你爸爸呢？」

「我以前也一直在想這個問題。我在想，他到底知不知道嫌疑犯究竟是有罪的，還是無罪的。可是後來我發現，這個問題也許根本沒有答案。因為律師不是神，所以他們的認知未必就是真相，更多時候，他們的『知道』也是『不知道』。沒有神的能力，卻又不被允許擁有人的感情，這就是很多刑事律師的處境。」

說到這裡，許淮頌把目光投向電腦螢幕：「我想試著走一遍我爸走過的路，然後把這個答案告訴我媽，雖然……晚了十年。」

阮喻笑著揉了揉惺忪睡眼，湊過去挽住他手臂：「那我陪你。」

許淮頌低頭笑了笑：「先去睡覺。」

她打著哈欠搖頭，說：「我明天在家又沒事。你不調時差嗎？調過來後，我們就同步作息了。」

許淮頌沉默了片刻才答：「過幾天。」

阮喻喔了一聲，抱著抱枕瞇眼靠在他的手臂旁，再睜眼，天光大亮，日上三竿，她在床上。

想也知道，肯定是昨晚沒熬多久，被許淮頌抱進來的。她跳下床打開門，看見他還是跟昨晚一樣的姿勢在敲鍵盤。

「許淮頌，你真的不要命啦！」她走過去擋住他的電腦，「還不睡覺？」

他抬起頭：「昨晚睡過一下了。」

「真的？」

「真的，在妳床上，妳抱著我不放手。」

阮喻扭頭回到臥室，抱著被子埋頭一陣狂嗅。

許淮頌跟進來，笑著說：「好了，騙妳的，我現在睡。」

她回頭咬咬牙瞪他一眼，忍著怒氣說：「那乾脆吃了早餐再睡。」

阮喻轉頭去廚房做早餐，許淮頌又跟過去，說：「我打個電話。」

這個也要報備？她邊拿鍋碗瓢盆邊說：「你打啊。」說完又像想起什麼，「等等，你打給誰？」

「呂勝藍，請她幫忙傳些資料給我。」

難怪。

阮喻手一揮：「打吧。」

許淮頌當著她的面撥通電話：「你好，我找呂律師。」

阮喻突然回頭：「你說什麼？」

睿智如許淮頌也愣了愣：「什麼什麼？」

那邊的呂勝藍接通了電話，阮喻示意他先講，等他掛掉電話後才問：「你剛才叫她什麼？呂呂？」

「……」

許淮頌笑出聲來：「是呂律師。」

阮喻呵呵一笑，把熱好的牛奶和三明治遞給他：「我只是覺得這樣叫很好聽，所以才特別問一下……」

他嗯了一聲，帶著笑意轉頭去了餐桌。

等許淮頌吃完早餐睡下，阮喻就開始在客廳工作，把看過的幾幕劇本寫好修改意見傳給寰視，到傍晚的時候接到回覆，邀請她明天參加第二次劇本會議，會議時間是一整天。

她回了接受，看許淮頌睡夠了八個小時，就去房裡叫他，結果剛好聽見他放在床頭櫃上的手機響了起來。

他被吵醒，開始摸索手機。

阮喻幫他拿起來：「沒有顯示來電號碼，是蘇市的號碼。」

他還沒完全醒來，反應了一會兒才說：「幫我接一下。」

阮喻接通電話，耳邊馬上聽見對面傳來許懷詩的聲音：『哥！』

「懷詩啊？妳哥剛睡醒呢，怎麼啦？」

那頭的許懷詩因為驚訝，低低地啊了一聲：『是阮姊姊啊？』

阮喻開始笑：「還有哪個姊姊會接妳哥的電話？」

『沒有啦！姊姊，妳幫我叫一下我哥行嗎？我現在在警局。』

「警局？」

許淮頌醒了神坐起來，接過電話：「妳鬧事了？」

『哥，不是我鬧事，是我同學打架打進警局了。』

「那妳跟去幹什麼？」

『哎呀，他是因為我跟人起了口角爭執，才替我伸張正義的……』

「妳同學那邊，有老師和家長過來處理嗎？」

『都在路上了，我就是提前跟你說一聲，等等老師肯定又會聯繫家長，這次你幫我一下行嗎？』

「沒妳的事，是要幫什麼？」

『哥你不知道，這次打架的同學，就是上次跟我一起在琴房被逮的那個，老師又要冤枉我偷偷談戀愛了！上次我解釋了半天，媽媽還半信半疑呢……』

許淮頌嘆口氣：「那妳等等報我的號碼。」

『好喔！還有，我們期末考結束了，後天開家長會，你說這家長會要是媽媽來開，不就要露餡了嗎？』

「許懷詩。」許淮頌咬牙切齒地說，「妳別得寸進尺，我來回四個小時就為了去開妳的家長會？」

許懷詩開始對著手機狂喊：『姊姊，姊姊妳在旁邊嗎？妳看見我哥這精明算計的嘴臉了嗎？這種人，妳跟他談談戀愛就好了，絕對不要嫁喔！』

許淮頌：「……」

他的手機音量開得不低，阮喻原本就聽了個八九不離十，忍著笑說：「你就去一趟吧。」

許淮頌嘆口氣，跟許懷詩說：「告訴我具體時間。」掛下電話後，他嘆口氣：「後天一天都在蘇市了，妳明天想做點什麼？」

阮喻眨了兩下眼，聽這意思，他好像是正式向她提出了約會邀請？

她吸了吸鼻子：「我明天要去寰視開會。」

許淮頌沉默了一下：「那妳後天跟我一起去蘇市吧。」

阮喻不知道他為什麼突然黏起人來了，想著反正後天沒事，就跟他一起去了蘇市一中。

家長會在下午，因為要占用教室，准高三的學生們大多都在宿舍休息。

許准頌先去講堂聽演講，阮喻就到學生宿舍找許懷詩，還為整房的女孩子帶了西瓜。

許懷詩招呼幾個同學來吃，然後把她拉到一邊悄悄地說：「姊姊，妳這次可救了我一命，我以後全靠妳罩了，妳說的話，在我哥那邊最管用。」

阮喻笑了笑，旁敲側擊地問她：「後來，妳那同學怎麼樣了？」

「留校察看就結束了吧。」

「受傷了嗎？」

「唔……」許懷詩一邊啃西瓜一邊答，「皮外傷，還好。不過他媽媽看我的眼神，就像韓劇裡──『給妳五百萬，離開我兒子』的樣子，我真是冤枉……」

阮喻笑起來：「妳同學叫什麼名字？有機會我也認識認識。」

「趙軼。」許懷詩脫口而出。

阮喻一愣：「車失軼？」

「對啊，怎麼啦？」

她搖搖頭示意沒什麼，腦海中卻浮現出上次來一中時，在綠茵場上碰見的那個男孩子的背影。

臨走時，她在他的口袋裡塞了一張字條：『畢業的時候，跟她告白吧，一定要跟她告白。』

阮喻眨了眨眼，看了看許懷詩，若有所思。

許懷詩因為快要考試了，被陶蓉沒收了手機，在宿舍閒得待不住，百無聊賴之下，借阮喻的手機打了兩個小時遊戲。看其他家長陸續來接孩子，許淮頌卻還沒出現，她有點著急地問：「我哥是不是被老師留下來了？」

「不會吧？妳不放心就拿我的手機傳訊息給他。」

「那我開妳微信啦？」

「開吧，又沒祕密，記得跟妳哥說是妳就行。」

「如果不說是我，他會不會寶貝、甜心地叫？」許懷詩說完，不等阮喻有反應，自顧自地抖了一下，摸了摸手臂上的雞皮疙瘩，「咦……好肉麻，我不要被閃瞎。」

阮喻哭笑不得，看她打完字不久，手機一連振動了兩下，問：「他回什麼？」

許懷詩看了一眼螢幕，頓了頓才說：「喔，他說還要一下子，我們無聊的話，可以去學校裡逛逛，透透氣。」

「妳想去嗎？」

「去吧，坐了一下午，悶死我了！」

於是兩人一起走出宿舍，這個時候已經接近傍晚，逛了一圈不覺得熱，路過藝文館的時候許懷詩像想起什麼似的，拉著阮喻往上走。

阮喻問她：「怎麼了？」

「給妳看一樣東西。」她神祕兮兮地帶她到了301琴房，打開門指著鋼琴說，「在那後面。」

她失笑：「那後面是我寫給妳哥的情書啊。」

許懷詩搖搖頭：「妳再去看看嘛！」

阮喻只好鑽到鋼琴的後面看，這一眼，就見到牆上原本的那行字母下面，多了一行用立可白寫的字母：XHSYXHRY。

——許淮頌也喜歡阮喻。

和上面那行發黃、陳舊的字跡相比，它是嶄新的，是誰寫的不言而喻。

阮喻傻蹲著看了一會兒，笑著起身回頭說：「妳哥好幼稚啊。」

話音剛落，阮喻才發現原本在身後的許懷詩不見了，取而代之的，是臉瞬間黑下來的許淮頌。

阮喻嚇了一跳：「嚇死我了，你怎麼來了……」

許淮頌似乎咬了咬牙：「我要是不來，能聽到妳這麼真心地評論我？」

她呵呵一笑，企圖蒙混過關：「懷詩呢？」

「去教室拿書了。」

「那你怎麼知道我們在這裡？」

「妳逛學校能不來這裡嗎？」

他這是什麼篤定的態度？她本來還真的不打算來，故地重遊什麼的，那是失意的人才會做的事。

熱戀中的人不懷舊，因為現在就很好。

「你可別冤枉我了，是懷詩拉我來……」她說到這裡，恍惚間明白了什麼，懷疑地看了看他，拿出手機查聊天紀錄。

軟玉：哥，你那邊什麼時候結束啊？我借了姊姊的手機傳訊息給你。

許淮頌：快了，妳找個藉口約她到三〇一琴房，叫她看鋼琴後面，然後把我這條紀錄刪掉，只留下一條。

許淮頌：快了，妳們無聊的話，就去學校裡逛逛透透氣。

阮喻抱著肚子笑倒在鋼琴邊：「我看說你幼稚都是抬舉你呢！」

許淮頌靜靜眨了三下眼，上前拿過她的手機一看，一陣氣惱。

在他理想的設計中，事情的發展應該是：阮喻在看到那行字後熱淚盈眶，然後他適時出現，朝她張開雙臂，等她撲進他的懷裡。接著，他把她困在這張琴椅前親吻，跟她說——我想在這裡補妳一段學生時期的純純戀愛。

整套發展下來，就是一個完美的，富有告別過去、承先啟後含義的戀愛儀式。

但現實是，阮喻一直靠在鋼琴旁，邊笑邊說：「噯，笑到我肚子好痛……」

許淮頌站在原地，靜靜平復胸腔裡亂竄的氣息。

阮喻終於抹著笑出來的眼淚停下，見到他臉色難看得像能擠出墨汁，上前挽住他的手臂說：「好了好了，我看到那行字了，我很感動，真的。」

她還不如不加這一句。

許淮頌低頭瞥瞥她：「妳知道現在立可白不好買嗎？」

阮喻又想笑了，努力憋住了說：「那我給你慰勞費吧。」

「慰勞費就不用了，在這裡補我一段清純的學生之戀吧。」

阮喻一愣：「這怎麼補啊？」

許淮頌低頭盯住她的唇瓣：「妳說呢？」

她頓住，鬆開他的手臂，離他遠了一點，抓抓頭：「我說什麼……」

他不說話，上前一步逼近她。

阮喻低咳一聲，繼續後退，一步退到沒蓋琴蓋的鋼琴旁，掌緣按上琴鍵的高音區，發出清脆的聲響。

她結巴著說：「這……這裡是學校呢……」

許淮頌笑了笑，牽起她的一雙手，讓它們圈住他的腰，然後說：「還是我補給妳吧。」

說完，手撐著琴沿慢慢低下頭去，靠近了她的唇。

夕陽從窗外照入，暖色調的光充斥著整間琴房。

阮喻總覺得，這個氛圍裡的這個吻，可能跟之前有不一樣的味道，會把她帶到一個全新的世界。

因為緊張，她的睫毛不停地顫抖，圈在他腰後的手緊緊抓著他西裝的衣襬，把它抓得皺巴巴。

然後，就在許淮頌快吻到她的瞬間，一個青澀的男聲在門外的走廊響起：「許懷詩妳趴在門上幹嘛，做賊啊？」

「……」

兩人停下動作，一起偏頭看門。

趴在門上小窗上的許懷詩一溜煙就跑，一路急喊：「啊呀呀！趙軼你真是我的剋星，我要被我哥打死啦！」

事實證明，不是所有的精心設計都能馬到成功。

打死妹妹是不能，但許淮頌的眼神已經夠有殺傷力，以至於從學校到家的一路上，許懷詩都縮在後座瑟瑟發抖。

阮喻緩和氣氛，說：「要不要去吃個晚飯啊？」

許淮頌搖搖頭：「後面有零食，妳餓了就先吃一點，把她送到家我們就回杭市。」

許懷詩癟著嘴，小聲說：「哥，你連一頓飯也不願意跟我吃了……」

許淮頌從後視鏡看她一眼：「我是有事。」

她不太信地喔了一聲，只好跟阮喻聊天：「姊姊妳最近在幹嘛，忙嗎？」

阮喻點點頭：「昨天開了個劇本會議，劇本籌備基本上進入正軌了，之後就得常去寰視了。」

「哇，那妳有碰到什麼大人物嗎？」

「製作人在電影行業還挺有名氣的。」

「那出品人呢？」

阮喻搖搖頭：「不太了解，兩次會議都沒碰到，聽說姓魏，是寰視的董事。」

「真厲害。」許懷詩一臉崇拜，轉而開始拍馬屁，「不過姊姊妳別累倒了，什麼洗衣、做飯、洗碗的，都可以交給我哥。哥，對吧？」

許淮頌沉默了，張嘴剛要說什麼，又閉上了。

直到把許懷詩送回家，他才重新開口：「跟妳說一件事。」

阮喻剛解開安全帶，從後座拿零食，聽見這有點嚴肅的語氣一愣，轉頭問：「什麼？」

「我今晚要飛美國。」

她低低啊了一聲：「是叔叔身體出了什麼狀況嗎？」

「沒。」看她拿好零食，許淮頌傾身過去，幫她把安全帶繫上，「是計畫裡的工作，後天有個庭審。」

阮喻鬆了口氣：「我還以為什麼事呢，你去吧。」說完後又隱隱覺得不太對勁，「怎麼了，是要去很久嗎？」

「之後還有別的案子得忙，需要調查取證的工作無法遠距離完成。我從一個月前開始就沒有接新案子了，但遺留下來的這些必須做完。」許淮頌的語氣裡帶了一絲抱歉的意味，「順利的話，這次大概兩三個星期就能回來。接下來的半年時間裡，可能時不時就要像這樣回去十天半個月。」

阮喻點點頭。這麼多年的事業，本來就不可能在短短兩個月內清乾淨。律師這個行業又有特殊性，手上已經接下的案子總要一樁樁辦好，對委託人負責。

她笑笑說：「沒關係，兩三個星期眨眨眼就過去啦！你時不時回去一趟，我才不會那麼快就看膩你！」

「……」許淮頌笑了出來，發動車子。

阮喻又問：「既然早就打算今晚走，怎麼不提前告訴我？」

「早點告訴妳，讓妳早早不高興？」

說的也是。難怪他前幾天刻意不調時差，還特意問她想做點什麼，又黏糊糊地把她帶來蘇市，還在藝文館跟她索吻。

阮喻拆開一包洋芋片，餵一片到他嘴裡：「以後有什麼工作安排可以早點告訴我，我又不是三歲小孩，不會跟你鬧脾氣的。你要是早說，我剛才就……」給他親了。

「就什麼？」許淮頌問。

她呵呵一笑，搖搖頭示意沒什麼，逕自咬起洋芋片。

兩人一路聊到杭市，許淮頌把她送上樓，說：「我不進去了，陳暉五分鐘後就來接我去機場。」

「那你記得在機場吃點東西喔。」

許淮頌點點頭，站在門口看她進去，幫她關上家門。

門即將關上時，他頓住，阮喻也伸手去抓門把，然後一個推一個拉，將這扇門重新打開。

阮喻先開口，聲音悶悶的：「抱一下……」

許淮頌邁過門檻，還是進了屋。

她抱住他的腰，把腦袋埋進他的懷裡：「在那邊好好吃飯。」

他一手攬著她，一手摸摸她的頭頂：「妳在車上說八遍了。」

「那你聽進去沒啊？」

「嗯。」

「我會算好舊金山時間的，你準時把飯菜照片拍給我。」

許淮頌笑著嘆口氣：「知道了。」沉默了一下，看她還抱著自己不放，說，「陳暉可能在樓下了。」

阮喻喔了一聲，放開他，和他說走吧。

許淮頌摸了摸她的臉，轉頭要開門，手扶上門把再次頓住，回過頭來。

「怎麼了？」

「我可以……」他猶豫著滾了一下喉結，「吻完妳再走嗎？」

有那麼幾秒鐘的時間，阮喻是石化的。身體石化了，內心卻龍吟虎嘯，巨浪滔天——這種問題為什麼要問？這要人怎麼回答？直接來不行嗎？

她張了張嘴，闔上，又張了張嘴，重複了三次後，心一横，閉上眼睛，一臉視死如歸。

然後聽見許淮頌笑了一聲。

阮喻被氣死，睜開眼來：「你什麼意……」

話到這裡被堵死，因為許淮頌吻了下來。

這一吻猝不及防，她嚇得下意識地咬緊了牙關，與此同時，明顯察覺到他的停頓。

他停下了原本預謀的動作，退開一些，轉而用手掌扶住她的後腦勺，拇指撫上她的耳廓，一遍遍慢慢地摩挲，像是誘哄，又像是安慰。

一陣通電般的酥麻感一下子襲倒了阮喻，讓她乖乖仰起頭，閉上眼，鬆開了牙關。

許淮頌再次吻下來的時候，就沒有遭遇到阻礙了。

而他的入侵就像春風過境，下了一場綿綿密密的細雨，輾轉來去，把茫茫草色描繪得淋漓盡致，讓人想溺死在這濕熱的溫柔裡。

分開的時候，他依舊充滿儀式感地在她唇上流連了一下，輕輕一點。

阮喻睜開眼，迷迷濛濛的眼底有一層水氣。

許淮頌看著她的眼睛，聲色喑啞地說：「我走了。」

她點點頭，目送他離開，門闔上的一剎那，渾身一軟，反身倚上門板。

一門相隔，許淮頌也背靠門板，食指摸上下唇，笑了一下。

十幾個小時的失聯時間，兩人都沒從這個吻裡徹底回過神。

直到第二天中午，心不在焉地改著劇本的阮喻收到了許淮頌的訊息：落地了，兩小時後可以視訊。

順便附上了飛機餐吃得乾乾淨淨的照片。

阮喻回了個「好」字，算好時間，一個小時後去廚房做午飯，還沒做完就聽到客廳的電腦傳來語音邀請的聲音。她舉著鍋鏟匆匆跑出去，看是許淮頌，接通後喘著氣跟那頭說：「不是說兩小時後嘛！」

許淮頌那邊的視訊背景是車內後座，他顯然還沒到家，說：『剛才接到電話，等等要去律師事務所開個臨時會議，只有車上的時間了。』看阮喻的鍋鏟上還沾著醬汁，他又問，『在煮菜？』

她點點頭，把鍋鏟放到一旁乾淨的碟子裡，坐下來說：「剛燜了幾隻雞翅，在收汁呢。」

許淮頌透過電腦看了一眼廚房的方向：『要注意一點，別燒焦了。』

短暫的分離刺激了人的情話細胞，阮喻幾乎脫口而出：「焦了就焦了，幾隻雞翅能比你重要嗎？」

許淮頌明明很受用，卻因為司機在前面，克制住自己的表情，只是稍稍牽了牽嘴角，說：『要是真的燒焦了，可能就不是妳一個人的事了。』

「什麼意思？」

『妳看頭頂。』

阮喻抬頭望向天花板，看見上面裝了一個白色的煙霧警報器，感嘆說：「我住了這麼久居然都沒發現。」

『我跟房東確認過社區的保全系統和消防系統，這個煙霧警報器一旦觸發，妳們整棟樓的警報都會響。』

阮喻想像了一下那個畫面，覺得丟不起這個臉，趕緊拿著鍋鏟起身：「我還是先去照顧照顧我的雞翅吧。」

許淮頌笑著看她衝進廚房，等她盛了雞翅和一碗飯回來，對她說：『吃吧。』

「我吃飯，你要幹嘛？」

『看妳吃。』

阮喻剛要說「這有什麼好看的」，卻發現他的目光落在她的唇上。

她臉紅得差點對著鏡頭燒起來，趕緊埋頭扒飯。

許淮頌把手肘撐在車窗邊緣，嘆了口氣。

食髓知味，他後悔提前行使那個吻的權利了。

許淮頌好一陣子都在忙案子，跟同樣忙著改劇本的阮喻抓到時間就視訊，白天黑夜，兩人都像在打仗似的。

半個月後，阮喻再次到寰視開會，剛一下樓，碰見一個熟人，是住在樓上的孫妙含，穿著一身海藍色的制服裙，看起來倒像是個高中生。

阮喻跟她打招呼：「一大早的，要去哪裡啊？」

孫妙含神祕兮兮地一笑：「去寰視見大頭。」說完又搖搖頭，「不對，是被大頭召見。」

「試鏡不是過了嗎？」

「上次過了好幾個女孩子，這次是寰視的魏董親自來幫新電影挑角色，會不會定下來還不知道呢。」

魏董？那不是她電影的出品人？

一個奇異的念頭閃過了阮喻的腦海，她想了想問：「這身打扮是寰視要求的？」

孫妙含搖搖頭：「是我聽來的內部消息，據說他們正在籌備的新電影是高中校園的背景。」

阮喻不可思議地笑了笑。

「怎麼了？」孫妙含低頭看看自己，「這樣不好看嗎？」

她搖搖頭示意不是，想了想說：「綁個馬尾吧，可能會有奇效。」

孫妙含接受了她的建議，歡歡喜喜地綁個馬尾「出征」了。

阮喻沒有跟她一起去。如果真的像她猜測的那樣，孫妙含是要去應徵她電影的女主角，那兩人一起出現在寰視的門口，在有心人看來就有點微妙了。

阮喻從計程車下來時，剛巧碰見一輛保姆車緩緩駛進去。

她原本沒太在意，因為影視公司出現明星的保姆車太平常了，沒想到等她走進大廳，小跑向即將關閉的電梯時，卻看見李識燦站在裡面。

他身邊的助理飛快地按了開門鍵，好讓阮喻趕上這部電梯。

李識燦笑著叫了她一聲：「學姊。」好像一點也不意外會在這裡碰見她。但仔細一想，其實阮喻也不應該意外。魏董親自來挑演員，被預選為男主角的李識燦又怎麼會不來？

她朝他笑笑，走進電梯，沒話找話地說：「這麼巧。」

李識燦問：「妳到幾樓？」

「七樓。」

一旁的助理抬手按下數字「七」。

電梯裡沉默下來，過了一會兒，李識燦說：「我去十九樓跟魏董談合約，之後有空來七樓看妳。」

助理神色曖昧地看了看她，一副了然於心的模樣。

阮喻被這一眼看得不太自然，等電梯叮的一聲停在七樓，她迅速朝兩人點個頭，快步走了出去，結果在轉角處，差點撞上西裝筆挺的男人。

她及時剎車停住，道歉說：「不好意思。」

一抬頭，對上一雙如鷹隼一樣，有點駭人的眼睛。

看起來三十出頭的男人朝她點了一下頭，唇角一勾：「沒關係。」接著與她擦肩而過，進了電梯。

沒過多久，阮喻的手機振動起來。

李識燦：剛才那個是魏董，妳小心別靠近他。

阮喻一邊往會議室走，一邊打字：靠近？

李識燦：就是別和他單獨相處的意思。妳不是圈內人，跟他沒有太多利害關係，能避就避，不能避也要提高警惕。我這麼講，妳明白吧？

他的用詞比較含蓄，但阮喻聽懂了，回覆：我知道了。

會一開就開到了下午一點。一點半的時候，劇組人員才在會議室吃便當。便當裡有四菜一湯一甜品，都是精緻的高級料理，據說是魏董請大家吃的。會議室裡的大家一陣感慨，都在誇這個出品人出手大方。

因為事前得到了李識燦的提醒，阮喻沒什麼參與話題，一邊揉著發痠的頸椎，一邊埋頭猛吃。快吃完的時候，她聽見手機振了一下。

以為是許淮頌加完班回到家了，她立刻掏出手機看，卻發現是李識燦的訊息：妳還在七樓嗎？

她答了個「在」字就沒再得到回覆，過了一會兒看見製作人鄭姍的祕書拎著滿手的奶茶來，說是請劇組人員喝的。

一群人又謝起了製作人，只有阮喻拿出手機，傳了個訊息給李識燦：謝謝啊，破費了。

李識燦回：客氣什麼。

接著他又說：上午魏董跟幾個導演看了一批新人女演員，等等要去你們會議室，參考參考你們的意見。

軟玉：怎麼參考？

李識燦：抽劇本念兩句臺詞吧，也就是作作秀的表面功夫，唬唬新人而已。

阮喻聯想到孫妙含，問：你有看見一個叫孫妙含的女孩子嗎？

李識燦：不知道，我在休息室吹了一上午的冷氣。

阮喻沒有問為什麼。

為什麼他身為一個大明星要親自來談合約，為什麼他在十九樓開著吹冷氣也不去忙別的。

她抓著手機沉默了片刻，沒接他的話，繼續問：我跟那個女孩子認識，等等大庭廣眾打照面會不會不太好？我不太懂演藝圈的規矩。

阮喻知道自己對選角一事沒有發言權，但耐不住那些候選人遐想。在選角的關鍵時刻，萬一孫妙含跟她打了照面，結果「中了」，日後搞不好會被人非議有後臺。

這種冤枉虧，還是不吃的好。

李識燦回：那妳去茶水間避一避吧，他們下去的時候，我跟妳說。

得到消息後，阮喻在十九樓的人來之前，拿著杯子去了七樓走廊盡頭的茶水間，剛好在這時候接到許淮頌的訊息：我到家了。開完會了嗎？

阮喻把杯子放到咖啡機上，打字回：還有下半場，現在在茶水間休息呢。

下一秒，她立刻接到許淮頌的視訊邀請。

她走到門口，探頭往會議室方向一看，發現那邊演員到了，正人擠人十分熱鬧，走廊裡也沒人，於是她輕輕關上茶水間的門，接通視訊，舉著手機抱怨：「開會開得我脖子好痛。」

那邊，許淮頌正在脫西裝外套。舊金山的夏天夜裡只有十幾度，到家才能脫衣服。

他笑了笑說：『等我回去。』

「回來幹嘛？」

『上門服務推拿。』

阮喻噗哧一笑，邊揉著脖子邊說：「等你回來我都疼死了，我還是自己寫寫『糞』字吧。」說著開始做上下左右的扭脖子運動。

結果不知道扭到了哪根筋，發出哎喲一聲驚呼。

『怎麼了？』許淮頌的語氣緊張起來。

「好痛……」

阮喻剛苦著臉說完這句，忽然聽見身後啪嗒一聲，門被一把打開。

她詫異地回頭，看見同樣目瞪口呆的李識燦僵著身體站在那裡，和她高舉著的手機裡一樣微微愣住的許淮頌打了個越洋照面。

一場明明很安靜，卻又驚天動地的國際會晤。

阮喻滿臉尷尬，舉著手機的手抬也不是，放也不是。

這兩個人，誰來救救她？可是誰也沒救她，兩人對望著不說話，像望出了什麼珍貴無比的革命友情。

她只能保持著這個動作呵呵一笑，跟李識燦說：「不好意思啊，我占了茶水間，你要用嗎？」

他回過神，搖搖頭解釋：「不用，我是經過附近，以為妳出了什麼事才來的……」能出什麼事？阮喻一愣之下，想到他之前關於魏董的提醒，再聯想剛才自己的呼痛聲，明白過來了。她剛要說點什麼，他已經朝手機螢幕裡的許淮頌點了點頭：「打擾了。」說完退了出去，把門帶上。

阮喻回過頭，擺正手機，朝許淮頌眨了眨眼。

他的臉色談不上難看，但也絕對不美麗。

他沒有提剛才的插曲，沉默了一下說：『我下星期五回去，晚上到妳那裡。』

這才星期一，到下星期五其實有將近半個月。不過阮喻忙著劇本的事，倒也沒覺得時間過得有多慢。

轉眼進入了八月。星期五晚上九點，她又一次從寰視開完劇本會議，因為沒趕上末班公車，只好叫計程車回家。

許淮頌剛好在這時候打電話來，說他再一個小時就到家，聽說她一個人上了計程車，叫她別掛電話。兩人通了一路的電話，半個小時後，阮喻下車，手機只剩下百分之五的電量。

她跟那頭的許淮頌說：「等等就見面了，不跟你說啦，我要進公寓大樓了，你可以安心開車了。」

許淮頌嗯了一聲，掛了電話。

阮喻轉進公寓大廳，看電梯門恰好要闔上，快走幾步按開了電梯，正準備跟裡面的人說句「麻煩了」，才張嘴就忽然愣住。

電梯裡站著一男一女，是她認識的人——寰視的董事魏進和孫妙含。

孫妙含看見她，一下瞪大了眼睛，神情看起來有些驚恐。

魏進卻好像沒有認出她。他背靠著扶手，一手攬著孫妙含的腰，一手撫唇，微瞇著眼，姿態閒適。

阮喻一愣過後，抓著包包僵硬地走了進去，默默站在電梯角落，也裝作沒有認出兩人。

狹小的空間內，氣氛凝固得讓人窒息。

或許只有阮喻一個人這樣覺得而已。因為她從餘光裡發現魏進側著頭，把鼻尖放在孫妙含的頭頂嗅著香氣，好像完全不在意旁人的存在。

直到叮的一聲，電梯停在孫妙含所住的十五樓，阮喻才意識到住在十二樓的她根本忘了按樓層的按鈕。

魏進攬著人走了出去。

阮喻抬手剛按了「十二」，忽然看見走得手僵腳硬的孫妙含回過頭，看了她一眼。四目相接不過一瞬，電梯門自動緩緩闔上，下到十二樓。

阮喻走出電梯，摸索著包包裡的鑰匙，抖著手開了家門。

黑暗中，阮喻的眼前浮現出剛才孫妙含看她的那一眼。

走廊上亮起的感應燈照出了那一眼的意思——如果她判斷得沒錯，應該是恐懼，還有求救。

她魂不守舍地打開客廳的燈，背抵家門呆站了很久，拿出手機撥通了李識燦的電話，微微發顫地喂了一聲。

那頭的李識燦立刻意識到她聲音的不對勁，說：『怎麼了？』

「你上次說，叫我離魏董遠一點，具體是因為什麼？」

李識燦沉默了一下：『妳出什麼事了嗎？』

「沒，不是我……」阮喻喉嚨乾澀地吞了口口水，「你能不能跟我詳細地解釋一下，是因為潛規則還是什麼？」

『不只是潛規則，你情我願的潛規則在圈子裡太常見了。我聽過一些傳言，說他有點暴力傾向……』他似乎有點難以啟齒，『那方面的，大概是……性癖。』

阮喻說不出話來。

『聽說他以前玩廢過一個女藝人，但對方沒什麼家世，家人沒能力追究，靠錢壓了下來。』他說到這裡頓了頓，『妳到底怎麼了？有事跟我說。』

「我看見魏董進了孫妙含家，她好像不是自願的……」

李識燦沉默下來，過了一會兒說：『這件事妳別管，也管不了。』

「你有沒有什麼……」

『我沒有辦法。』他嘆了口氣，『學姊，我能衝進妳在的茶水間，但不可能為了不認識的女藝人去蹚這場渾水。那種不好的事只是個案，妳就當沒看到吧，行嗎？』

他剛說到這裡，阮喻的手機就因為沒電自動關機了，但該聽的內容她都已經聽到。

阮喻握緊拳頭，指甲稍微嵌進肉裡，眼前一遍又一遍地不斷閃過孫妙含的眼神。那個眼神像一個溺死的人，想要抓住最後一根稻草。

時間在一分一秒地流逝。

李識燦說他沒有辦法，而許淮頌還要快二十分鐘才能到。再說他可能沒有合適的立場與辦法，到時候一切木已成舟了，還有什麼用？

阮喻閉了閉眼。

當沒看到，能當沒看到嗎？

她咬了咬牙，再睜開眼的時候，目光無意間落向了天花板上那個白色的煙霧警報器。

阮喻的目光微微閃爍了一下。她記得，前陣子許淮頌說過，一旦這個警報器被觸發，整棟樓的警報都會響。

阮喻沉默了半分鐘，轉頭衝進了廚房。

七分鐘後，走廊上的警報大響，刺耳的警鈴聲伴隨著此起彼伏的開關門聲響，把整棟樓從靜謐中驚醒。

樓道裡傳來居民的尖叫：「著火了嗎？哪裡著火了？」

「快跑下去，別坐電梯！」

「走逃生梯，快點走這裡！」

逃生梯響起紛雜的腳步聲。

整棟樓裡，唯一沒有動作的阮喻站在客廳的餐桌上，對煙霧警報器舉著一支冒濃煙的鍋，咳嗽飆淚。

一分鐘後，她所在的１２０１室大門對講機響了起來。

阮喻的心臟狂跳，她看了一眼對講機的方向，在心裡暗暗計數。

不能讓警報響太久，鬧大了可能會引來消防車，影響鄰居休息事小，謊報火災造成消防資源浪費就是罪過了。

她在心裡默數到三十，剛打算蓋上鍋蓋，滅了這滾滾的濃煙，頭頂的噴頭卻忽然啟動，澆下大水來。

阮喻當場被淋得溼漉漉，愣了愣才跳下桌子，跑過去接通對講機。

一個語速飛快的男聲從對講機裡傳出來：『這裡是消防控制室！請問樓上是否有火災？』

阮喻咳得差點講不出話，啞著聲含含糊糊說：「我的菜燒焦了……」

那頭的人似乎鬆了口氣，轉頭跟別人說：「關閉警報，通知居民，１２０１室的灑水系統開了，快手動關閥！」

整棟樓瞬間恢復平靜，除了阮喻所在的客廳灑水系統還在運作，不過短短一分鐘不到，客廳就水漫金山了。

灑水系統沒那麼快關閉，阮喻搶救了筆記型電腦。正淋得渾身濕透的時候，聽見家門被敲響。與其說是敲，準確地說，是砸。

她踩著積水跑去開門，以為是管理員來了，壓下門把就飛快地說：「對不起、對不……」

結果她看見許淮頌站在門口。

他的襯衫鬆了兩顆釦子，額髮全黏在一塊，看見她安然無恙，閉了閉眼，把手撐上門框，扶著邊緣大口大口喘著氣。

阮喻心頭一震，忽然不能言語。

兩人還沒來得及對上話，兩名管理員就趕到了。一名進阮喻家處理灑水系統，另一名在門口詢問詳情。

阮喻著急地問：「請問這棟大樓的居民都疏散下樓了嗎？」

管理人員嚴肅地點點頭：「請阮小姐跟我說明一下情況，我們必須給現在身在樓下的居民一個解釋。」

她有點緊張，支支吾吾地說：「對不起，我在家做菜，鍋子起火了……」

管理員往門裡望了一眼，疑惑地問：「廚房起煙確實可能會觸發煙霧警報器，但灑水系統只有在高溫的情況下才會啟動，您確定您只是在做菜嗎？」

阮喻抹了一把臉上的水：「我把起火的鍋拿到了客廳，所以……」她說完朝管理員鞠躬，「真的很對不起，我願意全權負責這件事，下樓去道歉，必要的話會支付賠償金給大家。」

許淮頌皺了皺眉頭，攔在她的身前跟她說：「妳去擦擦，換件衣服，好好待在這裡，我來處理。」說完，轉身跟管理員下了樓。

十分鐘後，管理員緊急修復了灑水系統，跟阮喻預約了後續維修的時間後離開。

看許淮頌還沒回來，她把自動關機的手機拿進乾燥的臥室充電，打算聯絡他，但一撥通號碼，發現他的手機也沒電關機了，於是披上衣服出去。

在門口剛好碰見隔壁房東一家坐電梯上樓。

慈眉善目的房東太太上前來，笑著說：「幸好不是火災，沒事，大樓的警報以前也這樣響過，大家就當鍛煉身體，做個消防演習，萬一真的發生意外，那不是熟門熟路，逃得更快了嗎？」

阮喻知道這是在安慰她，感激地點點頭：「給你們添麻煩了。」

房東太太搖搖頭示意沒關係，問：「樓下那個是妳男朋友吧？」

「嗯。」

「很不錯的小夥子。」她笑了笑，「我們疏散逃生的時候，他一個人逆著人流往上跑，被攔住也不聽，只說——『我女朋友還在上面』。」

阮喻鼻子一酸，原本就因為被煙燻紅的眼眶，瞬間濕漉得更厲害。

等房東一家回去了，她走到走廊的窗戶往下望，隱約看見底下還有剩零星幾個居民，可能是不肯輕易了事，纏著管理員要解釋。

路燈下，許淮頌似乎在向他們道歉，和他們一個一個九十度鞠躬。

阮喻轉頭跑進電梯。剛到一樓，就看許淮頌從外面回來了。

她來不及顧忌這裡是公共場合，一下抱住了他，把頭埋進他的懷裡：「讓你受委屈了。」

許淮頌摸摸她的後腦勺，低頭笑：「委屈什麼？不是真火災，有道歉的機會，不好嗎？」

她吸吸鼻子，把他抱得更緊。

一個女聲忽然從他背後的方向傳來：「對不起……」是孫妙含的聲音。

阮喻迅速鬆開許淮頌，轉頭看她，看到她眼眶是紅的，頭髮也亂糟糟的，上前問：「沒事吧？」

她搖搖頭，眼淚啪嗒啪嗒地開始往下掉。

阮喻拍拍她的肩示意安慰，問：「他人呢？」

「走了……」孫妙含一邊抽噎一邊答，「警報響的時候，我趁亂跟鄰居一起跑下樓，看見他開車走了。」

阮喻嗯了一聲，想了想，扭頭跟許淮頌說：「我先送她上樓。」

考慮到有個大男人在，不方便詢問孫妙含太多細節，阮喻等進了她家才說：「到底怎麼回事？」

這話一問完，就看她家客廳一團亂，翻倒的落地燈、打碎的玻璃杯、扯破的枕芯……這哪是潛規則，根本就是強姦未遂。

阮喻覺得胸口悶悶的，她甚至沒了問清過程的勇氣。

孫妙含抹了抹眼淚：「他是寰視的高層，之前看了我的表演，說很欣賞我的演技，有意捧我做女主角。今天晚上，他帶我去跟一個導演吃飯，結束以後說送我回家……我真蠢，連這種話也聽不懂，以為送我回家就是送我回家而已，等進了電梯，他開始動手動腳，我才……」

孫妙含說到這裡沒再往下，也許是不願回想或者難以啟齒，她垂下眼，彎腰拿起掃帚，開始清掃碎玻璃。

阮喻跟著蹲下來，幫她扶起落地燈，問：「今晚躲過了，妳之後打算怎麼辦？」

第十四章　兔子進了狐狸窩

許淮頌進家門後也開始打掃。

客廳到處都是積水，傢俱濕了一大半，要弄乾也是個大工程。他正拿了塊吸水毛巾擦沙發，忽然聽見臥室傳來振動聲，進去一看，發現是阮喻正在充電的手機在響，螢幕顯示是李識燦的來電。

他沉默了一下，沒有接，很快又聽見第二通電話響起。接連打了三通電話後，他不得不選擇接聽，剛拿起手機就聽那頭的李識燦喘著粗氣說：『終於接電話了，妳想嚇死我嗎……』

許淮頌的一聲喂凝在嘴邊。

李識燦聽到這邊沒反應，急急地說：『妳那裡現在是什麼情況？我到妳家樓下了。』

許淮頌終於答話：「她已經沒事了。」

電話那頭陷入一片死寂。

足足十秒後，身在一樓電梯門前的李識燦才乾笑了一聲，確認道：『許律師？』

「嗯。」

『沒事就好，她剛才打了通電話給我，說到一半斷了，我不放心，所以……』

「嗯。」

『那我就回去了。』

「嗯。」

電話掛斷，許淮頌輕輕放下了手機。

不需要查看通話紀錄，不需要多問。事發當時，阮喻的手機電量不足，最後一通電話的聯絡人不是他，而是李識燦。

許淮頌低頭看了一眼手機螢幕上顯示的十七通未接來電，腦海裡同時放映出那天李識燦以為她出事，衝進茶水間的畫面。

整整十分鐘，他站在一片昏暗的臥室裡一動也不動。

直到家門啪嗒一聲地被打開，阮喻在客廳叫他：「淮頌？」

他張了張嘴，卻沒有答出聲音。

「你在房間裡嗎？」阮喻穿上拖鞋踩著積水疑惑地往裡面走，她一推開臥室的門，還來不及看清什麼，就被一股力道扯了過去，背抵上牆。

昏暗裡，熟悉的男性氣息撲面而來，許淮頌的唇落了下來。

她嚇了一跳，想問怎麼了，許淮頌卻已經交纏上來，迅猛的、直接的、不留餘地的，像要把她吞吃入腹一樣地侵蝕她。

他把她死死地壓在牆上，跟她嚴密貼合，一絲縫隙都不剩。

阮喻被動地接受著這個吻，腦袋裡一陣又一陣泛起浪潮，迷迷糊糊裡感覺到他在顫抖。他在這樣強烈的攻勢下顫抖。

明明是一個侵略者，他卻在害怕、恐慌著什麼，似乎想要從這樣的親密裡得到一個安全的信號。

阮喻漸漸喘不上氣，抬起手來推他，但這次許淮頌沒有停下。

他吞咽著她，滾燙的手掌開始在她的腰後遊移，像要找到一個宣洩的出口卻遲遲不得其門而入。

他放過了她的唇，輾轉把吻落在她的耳後，與此同時，右手從她的衣襬探入，上移。

阮喻渾身一顫：「你怎麼了……」

許淮頌執拗地動作著，直到那顆頑固的鈕扣徹底繳械投降，阮喻嚇了一跳，抓住他的手。

他頓住動作，驀然靜止成一座雕像。

沉默的房間裡，所有的熱烈剎那間灰飛煙滅，只剩彼此的喘息還交織在一起，和客廳滴滴答答的水聲遙相呼應。

許淮頌靜止了片刻後，鬆開手退後了一步。

失去倚靠的阮喻膝蓋一軟，差點貼著牆滑下去，被他扶了一把才站穩。

她不知道他為什麼突然失控，但這短短一分多鐘的親密，讓她領悟到——現在已經不是八年前了。

已經不是牽著手、逛逛街，就把彼此擁有到極致的年紀了。

或許早在之前，他離開當夜的那個吻開始，這種屬於成人世界的情愫就已經起了頭。

可是兩人分離將近一個月，肢體的感受被迫冷卻，所以初再見時阮喻沒有適應過來，在這麼突如其來的進攻裡下意識地喊了停。

直到現在，她才後知後覺地感覺到緊張，以及體內湧上來的，一絲遲來的異樣酥麻。

她一張臉漲得通紅，視線變得飄忽不定，最後垂眼盯住自己的鼻尖。

許淮頌落下來的目光和她背後鬆開的排釦，讓她無所適從。

就在阮喻猶豫要不要伸手去扣的時候，卻看到他先動了，抬手繞到她的後背。他的掌心燙得驚人，讓她瑟縮了一下，但動作卻是輕輕的。

與剛才的狂風驟雨不同，他隔著她身上濕漉漉的衣服，尋找到她的排釦，捏住排釦的兩頭，輕輕摩挲辨認形狀，像打算把它們重新扣回去。

在此之前，阮喻從沒想過在這種情況下，男方竟然不是匆匆掉頭走進浴室「冷靜」，而是耐心地收拾留下來的「爛攤子」。

笨拙又溫柔的動作像一記重錘，錘得阮喻的心變得又酸又麻。想到她剛才的舉動一定傷到了許淮頌，在他還在費勁與排釦作戰的時候，她忽然伸手抱住了他。

許淮頌動作一頓，低頭看她。

阮喻小聲咕噥：「這樣扣不起來的……」

許淮頌的手還捏著排釦沒放：「什麼？」

「可以……」她把頭埋在他的胸前，聲音悶在他的襯衫裡，含含糊糊地說：「可以伸進去扣……」

許淮頌的喉結滾了滾，嗯了一聲，重新探入她的衣襬，一路繞開她光滑的皮膚，企圖一次找到排釦，但並不容易。

似乎是怕再次親密接觸會引起她的抗拒，他遲遲沒有下手。

在這樣讓人窒息的沉默裡，阮喻的心臟狂跳，咬咬牙說：「可以碰我的……」

許淮頌又吞咽了一次，沉默了一下，嗯了一聲，下手去摸索。

再次肌膚相貼的一瞬，兩人同時打了個顫。

許淮頌把釦子扣回去，退出來，沒有對剛才的行為做解釋，低頭說：「妳先洗個澡，我打掃客廳，時間久了會漏水到樓下。」

阮喻點點頭，轉身去了浴室，再出來，就看一片狼藉的客廳已經恢復了整潔。

許淮頌拿著吹風機，在吹她放在茶几上的，一疊寫了很多文字批註的稿件。

看她濕著頭髮出來，他關掉吹風機，把它拿在手裡晃了晃。

阮喻走過去，剛要接過吹風機，忽然看到他手一縮，說：「坐著。」

她坐上椅子，仰頭說：「你要幫我吹嗎？」

他嗯了一聲，右手打開吹風機，調到中溫，左手揉上她的頭髮，一縷一縷把它們理順。

阮喻像曾經被他伺候過的貓，舒服地瞇起眼，歪著腦袋枕著他的手臂。

許淮頌也不覺得礙事，一聲不吭地撥弄她的頭髮。

等到吹風機聒噪的聲音停下，她睜開眼，仰頭說：「許淮頌。」

他的心情看起來依舊不好：「嗯。」

「你真好。」

他的目光微微閃了閃：「可能也有別人很好，只是沒有這樣對妳的機會。」

阮喻皺了皺眉，剛要問他什麼意思，卻看他放下了吹風機，說：「不早了，去睡吧。」

她確實很睏了，打了個哈欠說：「那你呢？」

「我洗個澡後也去睡。」許淮頌指了客房，「剛才整理好房間了。」

阮喻隨他這一指看過去，稍稍愣了愣，看他轉頭進了浴室，心裡有點壓抑。

她去廚房熱了一杯牛奶，在他出來的時候遞給他，問：「你是不是心情不好？在美國發生了什麼事嗎？」

問完不等他答，她又自我否定。

他是在她去了一趟十五樓以後才不對勁的，那就跟之前的事沒有關係。

許淮頌揉揉她的頭髮，笑了笑：「沒有，飛機坐累了。」說完拿起牛奶走向客房，「妳早點休息。」

阮喻只好轉頭回到自己的臥室，進了被窩又一陣鬱悶，躺了好一會兒睡不著，她摸索到床頭櫃上正在充電的手機，指紋解鎖。

然後她一眼看見十七通未接來電。

李識燦的。

阮喻一愣，看了看來電時間，又翻了翻通話紀錄，低低啊了一聲，恍然大悟。

她苦著臉懊惱地嘆了口氣。她早該想到的。

阮喻乾坐了一會兒，覺得這件事不能就這麼算了。如果就這樣下去，他會先憋死自己，然後也把她憋死。

她翻身下床，輕輕走到客房附近，把耳朵貼上他的門。

聽了半天分辨不出動靜，正猶豫要不要明天再說，半夜不睡的許皮皮忽然來了，在她腳邊發出一聲「喵嗚」。

她立刻比個「噓」的手勢，但裡面的許淮頌已經聽見了動靜，問：「怎麼了？」

她只好清清嗓子說：「我能進來嗎？」

得到肯定的答覆後，她打開門。

許淮頌坐起來開了床頭燈，正要問話，就看她深呼一口氣，關上門，衝過來跳上床。

他愣了愣：「睡不著？」

阮喻點點頭。

「那怎麼辦？」

她都上他的床了，他說怎麼辦？

阮喻豁出去了，舔舔唇說：「你不請我進被窩嗎……」

許淮頌挪了一下位置，掀開被子。她立刻鑽進去。

他說：「這樣睡得著？」

她點點頭躺下去。

這是兩人真正意義上的第一次同床共枕，但許淮頌抬手關了床頭燈後，卻與她隔了半臂井水不犯河水的距離。

阮喻悶得慌，思索要怎麼打開話匣子，過了一會兒說：「你知道十五樓出了什麼事嗎？」

他嗯了一聲：「大概猜到了，妳做得很好。」

「那你知道對方是誰嗎？」

許淮頌似乎愣了愣，偏過頭來：「我認識？」

她搖搖頭：「之前沒跟你講過，是我電影的出品人。」

許淮頌沉默下來，在黑暗裡皺著她看不見的眉頭。

在這之前，他以為這只是一場普通的見義勇為而已。然而對方是她電影的出品人，那麼這件事的後續也許就很複雜了。

阮喻此刻的想法卻跟他不在同一條線上。

她解釋：「上次李識燦之所以衝進茶水間，就是因為當時，我和那個魏董在同一個樓層。他提醒過我，不要跟這個人走太近。所以今天遇到狀況，我第一反應就是打電話給他，問他魏董的情況。我想，他跟魏董認識，也許會有辦法，不然我是不會打電話給他的。」

許淮頌放在被子裡的手微微一顫，隨即捏緊了拳頭，側過身來面對她：「有這種危險人物在，怎麼沒早跟我說？」

他的語氣變得強勢起來，很顯然，心結解開了。

阮喻癟癟嘴說：「你在美國，那不是讓你徒增煩惱嗎？我很小心地沒跟他接觸，你看，今天之前也沒出什麼事，今天之後，你就在我身邊啦。」

許淮頌閉了閉眼，似乎還在害怕，片刻後，把她拉進懷裡說：「這種事，以後第一時間讓我知道，不管我在美國還是西伯利亞。」

「你去美國不夠，還要去西伯利亞啊？」

「……」

許淮頌捏起她的下巴，擺正她的姿態：「是舉個例子，跟妳說認真的。」

阮喻笑嘻嘻地抱住他的脖子：「嗯，知道了，那你還難受嗎？」

被戳破心事的許淮頌沉默下來。男人嘛，誰還不要點面子？

發現他沒有正面回應，阮喻很快就轉移話題：「這客房冷氣壞了嗎？你開了幾度，怎麼這麼熱啊？」

但這個話題轉移得並不好。被戳破另一樁心事的許淮頌再次沉默下來。

阮喻要起來找遙控器，被他拉了回去。

許淮頌咬咬牙說：「不用調了，十八度，夠低了。」

「那怎麼還……」

阮喻問到一半就住了嘴。

還能是為什麼呢？再問就蠢了。

一個心照不宣的答案在兩人之間蔓延開來。寂靜的房間，兩顆心臟像在賽跑一樣，跳出了一致的頻率。

但誰也沒有先脫離彼此的擁抱。

最後，還是許淮頌跑贏了。

阮喻擔心地問：「你這個心跳，不會猝死吧？」

「……」

他輕輕地敲一下她的腦門：「死不了。」

阮喻悶哼了一聲，感覺到他渾身緊繃，可能很難受，說：「要不然我還是回去睡吧？」

「妳見過兔子進了狼窩還能被放出去的？」

「可是狼就乾瞪眼，又不吃，這不是暴殄天物嗎？」

許淮頌吞了口口水說：「別亂說話。」

阮喻愣了愣，然後聽見他嘆了口氣：「狼沒帶餐具。」

∅

她在這句「沒帶餐具」的爆炸性威力下一覺到天明，然後被一陣門鈴聲吵醒。

阮喻睜開眼，迷迷糊糊地推了一下身邊的許淮頌，問：「有人在按門鈴嗎？」

他動了動卻睜不開眼，不知道昨晚熬到幾點才睡著，皺皺眉頭說：「嗯。」

她揉揉眼，掀開被子下床，一邊說：「一大清早會是誰啊？」

許淮頌最後還是掙扎著爬了起來，攔住她：「我去。」他穿著拖鞋出去，看了看貓眼，然後回頭叫她，「十五樓的。」

阮喻小跑出來，看見孫妙含頂著黑眼圈站在門外，看見兩人這睡眼惺忪的模樣，不好意思地說：「打擾你們了。」

她搖搖頭示意沒事，把人請進來：「考慮好了嗎？」

昨晚阮喻問孫妙含打算怎麼辦，要不要報案，是繼續待在寰視還是離開，她說得考慮一下。

她進門後也沒坐，直說：「考慮好了，姊姊，我沒受到實質性的傷害，報案肯定沒用。」

阮喻看了一眼許淮頌。他的眼神告訴她，孫妙含說的沒錯。

「那之後呢？」

孫妙含垂了垂眼：「我覺得我可能不適合演藝圈，我不跟寰視簽合約了，也不待在杭市了，打算回老家去。」

阮喻沉默了一下，嗯了一聲，面露惋惜。

她笑了笑：「妳也別替我可惜，那種人做出來的電影能有什麼好名聲？我不拍說不定還是好事呢。」

阮喻似乎不太理解她這個話：「嗯？」

「昨晚我聽見魏董跟導演說，那個ＩＰ當初陷入抄襲事件，是他一手炒起來的，之後他還打算繼續拿這些事做哏，聯合李識燦一起炒作。」

阮喻一愣，什麼叫抄襲事件是魏進一手炒起來的？

她呆呆地眨了兩下眼，看向了許淮頌。

孫妙含臨走前，阮喻囑咐她把跟寰視的聯繫斷乾淨。

她點點頭說知道了，出了門又折回來：「姊姊，其實我有點疑惑……」

「嗯？」

「昨晚警報響的時間不長，管理員很快就解釋清楚了誤會，但在那之前，他就已經匆匆開車走了，為什麼這麼輕易就離開了？」

阮喻搖搖頭示意不清楚，回頭看了一眼許淮頌，恰好這時候，聽見孫妙含的手機響起。

她接起來沒多久就紅了眼眶：「姑姑，我真的不想報警……算了吧，沒用的……」

電話那頭傳來一個尖銳的聲音：『這是什麼世道，受欺負還不能報警？妳等著，警察很快就到妳那邊了，妳跟他們好好解釋，把那個人抓進去吃牢飯！』

掛斷電話，孫妙含深吸一口氣，忍著淚說：「姊姊，我得先上樓了，我老家的姑姑知道這件事氣壞了，幫我報了警。」

阮喻拍拍她的肩，目送她進了電梯，轉頭看許淮頌坐在沙發上捏眉心，走過去問：「情況是不是很複雜？」

「按照妳昨晚說的，她在電梯監視器的可見範圍內沒有反抗，進門之後的事，光憑口供連立案都很難。假設警方介入調查，傳喚當事人，結果卻無法立案，妳覺得事後魏進會怎麼做？」

阮喻抿著唇沒有說話。

雖然這麼說很殘忍，但現實確實是如此。

在魏進手裡，像孫妙含一樣的女孩子一定不是個案，而她們多半都選擇了息事寧人。畢竟魏進這樣的人隨心所欲慣了，本就不會在意這一兩個女孩，就像這次過後，如果孫妙含因為「玩不起」離開，他可能不久後就會忘了她。

但一旦事情鬧大，觸怒了他又無法用真正的法律制裁他，反而會很難收場。

許淮頌閉了閉眼：「妳和魏進昨晚見過面，警方介入後，妳勢必會受到牽連，煙霧警報器的事也可能會被戳破。孫妙含可以離開，但妳跟寰視的關係被合約綁著，妳怎麼辦？」

人都是有私心的。身為律師，如果孫妙含決定護權，他可以提供幫助和支持。但身為她的男朋友，他不希望阮喻也進來蹚渾水。

許淮頌按了按太陽穴：「我去十五樓看看情況。」

阮喻和許淮頌到十五樓的時候，方臻和另一名警察正在向孫妙含詢問情況，門口拴著一隻警犬。

阮喻小聲問：「怎麼還帶警犬來了？」

許淮頌搖頭示意不知道。

方臻看見兩人詫異了一下，另一名警察直接目瞪口呆：「噯，阮小姐、許先生，又見面了啊！」

阮喻拍了拍額頭，也不知道這是染上了什麼毛利小五郎的體質。

看到她的目光時不時轉向那隻警犬，他解釋：「誤會誤會，報案人說嫌疑犯犯案後逃逸，我們以為需要追蹤。」

孫妙含露出抱歉的神情：「不好意思，我姑姑不太清楚具體情況……」

她說完後，跟兩人簡單地說了事情的經過。

方臻聽完後，又詳細地問了一遍阮喻，最後希望確認一下昨晚魏進碰過的物品。

孫妙含走進廚房拿垃圾袋，出來說：「碎杯子和枕芯都被我收拾好了，都在這裡……」

說到這裡，門口的警犬忽然狂吠著朝她撲來。

她嚇了一跳，尖叫著丟了垃圾袋。

兩名警察趕緊跑過來，一個安撫警犬，一個檢查垃圾袋。

方臻戴著手套，一邊低頭小心地翻找裡面的雜物，一邊說：「裡面有血液嗎？」

孫妙含被嚇得不輕，結結巴巴說：「沒、沒有啊……」

警犬還在吠，怎麼樣都停不下來，方臻回頭說：「讓新新來聞。」

另一名警察把拴狗的鏈子解開。

這隻叫新新的警犬立刻撲上來，鼻尖蹭著垃圾袋裡的雜物，最後蹭出一節菸蒂。

兩名警察對視一眼。

方臻問孫妙含：「這是妳抽的菸？」

她驚訝地搖搖頭：「不是，我不抽菸，是他……」

許淮頌皺了皺眉，上前來：「孫小姐說，魏先生昨晚聽到警報後就匆匆離開了？」

孫妙含點點頭，低頭看了眼那節菸蒂，不解地望向阮喻，並不明白這兩者有什麼必然的聯繫。

看到屋裡的三個男人同時嚴肅起來，阮喻也不敢吭聲，過了一會兒，見到方臻把這節菸蒂裝進了證物袋，跟同事說：「拿去毒品鑑定中心。」

孫妙含嚇得倒抽了一口氣。

方臻說：「孫小姐對魏先生這方面的作風了解嗎？」

孫妙含睜著大眼搖搖頭，低聲說：「我只記得，昨晚他是一邊抽著這根菸，一邊……」

她說到一半就難以啟齒了，求助似的看向在場唯一的女性阮喻。

阮喻接上：「我聽一個朋友說，魏先生在『那』方面好像有不良癖好……」

「不排除以毒品助興，尋求生理刺激的可能。」許淮頌面不改色地接話，「方警官，可以的話，我希望警方充分考慮當事人的人身安全問題。我不贊成這個案子從『性侵』著手，直接傳喚魏先生。」

方臻點點頭：「如果鑑定結果符合猜測，我們會申請祕密調查。」

結束這邊的談話後，許淮頌讓阮喻聯繫了岑家。

岑榮慎得知他們打算就之前的抄襲舊事再作調查，邀請兩人到了公司。

岑家是以房地產起家，發展到現在，是當之無愧的「家大業大」，包括遊戲、旅遊、電影在內的各行各業都有投資。

兩人到的時候，岑榮慎正在開會，忙完才接待他們。許淮頌開門見山，希望查證當初岑思思購買網軍和熱搜的紀錄。

出於抱歉，岑榮慎對這件事始終全力配合，叫祕書傳來相關資料，說：「許律師，我確認到的紀錄只有這一部分，我想應該是不完整的。」

許淮頌看了一遍資料，沉默片刻後答：「岑先生，可能這就是完整的紀錄了。」

「許律師的意思是？」

「非常抱歉，是我的失誤。」

其實早在之前那通錄音電話裡，岑思思就說明了事實。她說，她只是雇了一小批網軍想試試，並不知道事件為什麼一發不可收拾，一路竄上熱搜榜。

當時他和劉茂都認為這是被告的托詞，為了儘快恢復阮喻的名譽，他急於求成，沒作其他設想，因此錯放了真正的幕後推手。

從岑氏集團出來後，許淮頌開著車，一路無語。

阮喻看看他：「沒關係啊，現在發現也不晚，倒是接下來該怎麼辦……」

「魏進這些年犯的案子絕對不止一樁兩件，但他太習慣鑽法律漏洞，強姦未遂罪和非法持有毒品罪對他來講都無關痛癢，更不用說購買熱搜榜這種小兒科。」

的確，別說依照阮喻現在跟寰視的關係，並不適合把事情鬧大。就算提起訴訟，一筆賠償金對他來講又算得了什麼？

「難道要讓他繼續逍遙法外嗎？」

許淮頌搖搖頭：「打蛇打七寸，警方祕密調查，就是為了逮住他的要害。這樣的人底細多半不乾淨，毒品總有交易來源，如果能夠證明不只是非法持有毒品罪，而是非法運輸甚至販賣毒品罪，那麼，再大的靠山也保不住他。」

阮喻點點頭。

「只是這樣一來，投資人落網，妳電影的拍攝也會受到波及，很可能面臨夭折的風險。」

「這有什麼？為民除害比什麼都重要！」

看她一副女英雄的樣子，許淮頌笑了笑，趁等紅燈的時間，騰出一隻手揉她頭髮：「我這次能在國內待一個多月，除了跟進警方調查魏進的底細以外，主要是辦周俊的案子，其他時間都可以陪妳。」

「可別說大話，你的司法特考呢？聽說今年題型都調整了，剛好被你遇上。」

許淮頌愣住說：「我在複習。」

她笑嘻嘻地開玩笑：「真可憐，還是別談戀愛啦，好好寫考古題吧，沒考過就接不了案子，接不了案子就是無業遊民，我還得拿稿費養你呢。」

許淮頌手一移，滑到她的腦門前，一個敲頭的準備動作。

她縮了一下脖子：「律師犯罪啦！」

許淮頌笑出聲，改用拇指在她的額前撫了撫。

阮喻用兩隻手去抓著他的手，放在自己的手心裡說：「你剛才說，一個月後又要走？」

「差不多。」

她喔了一聲，放開他，拿出手機悄悄搜尋：辦護照所需的資料及注意事項。

搜索了一路，阮喻大致心裡有數了，回家後就催著許淮頌去複習。

許淮頌被她拖著坐在沙發上，看著茶几上一堆憲法、民法、商法、刑法、經濟法、國際法的資料不說話。

阮喻饒有興趣地翻了翻道：「我都快不認識『法』字了，還是先做一年的考古題吧？」

「喔。」

她翻開一本七十天衝刺寶典，看裡面空白一片，問他：「一到十選個數字？」

「七。」

她翻到第七章，把筆遞給他：「來，第七章，我幫你計時。」

許淮頌嘆口氣，開始答題，半小時後，皺著眉頭把手伸向參考書。

阮喻一把攔住他：「咦？你怎麼寫題目還翻書，考試的時候可以翻書嗎？」

許淮頌有點心虛：「我還沒背過這部分。」

「模擬考檢測的就是你當下的真實水準，不會就是不會嘛。」

許淮頌咬著牙縮回了手，繼續寫題目。

阮喻摸摸他的頭髮：「考過九十分有獎勵。」

許淮頌偏頭：「獎勵是什麼？」

「考完再說。」

許淮頌埋頭猜題。

三短一長選最長，三長一短選最短，兩短兩長就選B，參差不齊就選C。

快寫完的時候，阮喻聽見他開始頻繁咳嗽。

「喉嚨不舒服啊？」

「嗯。」

「那我去幫你倒杯水。」

她說完站起身來。許淮頌飛快地翻到冊子的解答，正在找第七章的答案，忽然聽見冷冷的一聲：「許同學。」

他頓住動作，抬起眼來。

看見阮喻拿著空杯子站在廚房門邊，望著他說：「我就知道咳嗽是假的，忘了告訴你，我中文系畢業後修過教育學分，原本也是個老師，你這樣的作弊分子，我可是看多了。」

考了八十二分的許淮頌被阮喻盯著，寫了一整個星期的題目。

接連七天，許淮頌每晚的睡前活動就是跟她肩並肩坐在床上，腿上壓著一座書山，被她一題一題地拷問。

不過最後，通常都以阮喻聽得百無聊賴，睡倒在他的懷裡告終。

一星期後的一天，張姊打電話來，問他要不要一起去蘇市調查周俊案。

案子進入起訴階段已將近十天，張玲和陳暉這陣子陸續走訪了幾位案件中的關鍵人物，這次去蘇市，是對被告人做深入調查。

許淮頌身為周俊少年時代的同窗兼同一區的鄰居，如果參與其中，在一定程度上有利於提高受訪者的配合度，從而搜集到更多有利於被告的資訊。

所以他沒有猶豫，直接問了時間。

阮喻正坐在他的旁邊改劇本，忍不住豎起耳朵聽了一下，等他掛了電話，湊上去說：「我跟你一起去好不好？」

許淮頌瞥她一眼：「出差還要被妳盯著寫題目？」

她一臉「好心沒好報」的嫌棄表情：「蘇市那邊我不是也很熟嗎？我是想去幫忙。」

許淮頌笑笑：「明後天沒有要開會嗎？」

阮喻確認了一眼寰視排的會議時間：「要大大後天呢。」

寰視這段時間的會議頻率通常是十天左右一次。自從那晚跟魏進和孫妙含在電梯裡打照面，她還沒去過公司，一直都在家修改劇本。

不過知道電影可能會夭折以後，她的積極度不免下降，工作效率也降低了很多。

看她悶頭改劇本改得興致缺缺，第二天，許淮頌就拎著她一起去了蘇市。

⌀

陳暉開車，張玲在副駕駛座跟後座的許淮頌彙報：

「之前提到，委託人誤認為被害人是以死報復他的關鍵原因，是被害人生前一個月發布在朋友圈的一張割腕照。我調查了這件事，確認那張照片是被害人從網路平臺下載的。也就是說，被害人並沒有真的做出偏激行為。

針對這一點，檢方可能提出疑問：第一，委託人與被害人建立情侶關係一年又三個月，沒道理認不出她的手腕。第二，被害人手腕上沒有傷痕，是怎麼在之後的一個月裡瞞過委託人的。但據委託人陳述，他看到照片後非常慌亂，根本沒仔細辨認，隨後照片很快就被刪除，而被害人的手腕有很長一陣子都裹著紗布，之後又戴上了手錶。他不覺得女友會騙他，確實沒驗證過這件事。」

許淮頌問：「委託人是在與被害人爭吵的當夜酒後出軌的；而被害人是在委託人出軌的

隔日清早，發布了割腕照，對嗎？」

「對。」

「有一種可能，被害人在發布照片前就得知委託人出軌了，假造割腕事件，是為了用愧疚心態綁住他。原本過後，兩人和好如初，她以為方法奏效，但那天在車裡卻再次看到他跟一夜情對象的聯絡紀錄，所以情緒崩潰。

而委託人出於愧疚，很可能潛意識地一直不願意面對被害人的那道傷疤，所以沒有主動驗證，或者即使有，也被被害人掩飾了過去。」

張玲點點頭：「推論有道理，但缺乏證據。」

許准頌想了想說：「被害人生前有沒有關係密切的女性朋友？」

「有兩名大學室友。」

他點點頭：「到蘇市後，您向法院提出申請，聯繫這兩人。我和小陳按照原計畫，到委託人的居住地附近走訪。」

阮喻跟許准頌一起到了周俊家附近。

周俊原先的住址跟阮喻家、許淮頌的外婆家在同一區，那塊拆遷後，就搬到了這裡的臨時住宅。

因為臨時住宅在鄉下一帶，交通不便，阮、許兩家當初都沒答應，改拿了補償金。陳暉拎著公事包，拿了張計畫表忙前忙後，在兩人前面帶路。一整天下來，三人一起走訪了五戶人家。

第六位調查對象是周俊與被害人的一位共同好友，家裡條件一般，在菜市場工作。三人到對方家時已是傍晚，聽他妻子說他還在賣魚，還沒回家，打了好幾通電話又沒接，大概是菜市場太吵了沒聽到。

許淮頌低頭看了一眼手錶。

因為是最後一戶了，阮喻猜他不想拖得太晚，提議說：「那我們去趟菜市場就好啦。」她一個女孩子都不嫌累，許淮頌和陳暉當然也沒意見，開車到了菜市場。

兩個男人西裝革履，跟殺魚宰肉的氛圍格格不入，下車後在門口頓住，不知道怎麼進去。還是經常買菜下廚的阮喻熟門熟路，往裡頭望了一眼，指著一排海鮮水產說：「應該在那邊吧。」說完，帶兩人穿過一排鮮肉區。

剛要走過肉攤的時候，三人腳下咕嚕嚕地滾來一個空飲料瓶。

許淮頌拉了一把阮喻，叫她小心，話音剛落，就看到一個穿著汗衫的中年男子走過來，彎腰把這個瓶子撿進了塑膠袋裡。

那個塑膠袋裡，空飲料瓶裝得滿滿的，看起來像是要拿去賣了換錢。

三人正準備繞過去，卻見到這名中年男子抬起頭來，盯著許淮頌愣住了，瞇著一雙看起來不太靈光的眼，結結巴巴說：「許……許律師？」

許淮頌眨了兩下眼，似乎在腦海裡搜尋有關這個人的記憶，但一時沒想起來，用客氣的用詞說：「您好。」

對方激動得手一鬆，將一袋飲料瓶嘩啦啦地丟在地上，要去跟許淮頌握手，他低頭看見自己滿是髒汙的掌心卻又頓住。

許淮頌不解：「您認識我？」

「許律師，您不記得我了嗎？十年前，您幫我打過官司的……」

許淮頌愣了愣。十年前他怎麼可能幫人打官司？

他反應過來：「您說的或許是我父親？」說完皺了皺眉，仔細辨認了一下他的五官，「江先生？」

江易一愣：「喔，是許律師的兒子啊，是我糊塗了……」說完不好意思地笑了笑，「對，哪有人越長越年輕的，不過您跟您父親真像……」

阮喻一頭霧水，看看許淮頌。

許淮頌的目光落在江易身上，看了他很久才問：「您這些年還好嗎？」

他撿起塑膠袋說：「挺好的，我挺好的，您父親呢？」

許淮頌沉默了一下說：「他也挺好的。」

對話到這裡，市場外面有人扔了個空飲料瓶到垃圾桶，傳來匡噹一聲。江易聞聲偏頭，跟許淮頌匆匆招呼一句，跑出去撿。

許淮頌站在原地，抿著唇很久沒有出聲。

阮喻和陳暉也不敢問，直到聽見前面魚攤一位中年婦女的聲音：「看見沒啊？殺人犯活得挺好的，幫殺人犯的律師也活得挺好的，這個世道喔！」說著拿起一個盆子，往三人的方向潑來一瓢水。

許淮頌迅速把阮喻拉到自己的身後。

沾了魚血的水濺上他的鞋尖，他一聲不吭，跟陳暉說：「走吧，繼續調查。」

從菜市場出來，天已經黑了。許淮頌和陳暉的工作順利結束，但張玲面對被害人一方的親友，需要走法律程序，情況比較複雜，暫時還沒進展。

陳暉說：「我先送頌哥你們回杭市，明天再來接張姊吧。」

許淮頌看看阮喻：「要不然去我家住一晚？」

「阿姨在家嗎？」

「在。」

讓陳暉來來回回確實太麻煩了，但沒有準備就去許家也很唐突，阮喻想了想說：「那還是找個飯店吧？」

許淮頌點點頭，叫陳暉去跟著張姊，和她挑了個地方吃晚飯。吃完查手機地圖，發現幾百公尺內就有飯店，於是和她散步過去。

僻靜的步行道上沒有旁人，阮喻終於問出口：「在菜市場遇見的那個人，就是十年前那樁殺人案的被告嗎？」

許淮頌遇見江易之後情緒一直很低落，他低低地嗯了一聲：「他才三十五歲。當年事發時，他剛從蘇商大畢業，原本會前程似錦。」

阮喻吃了一驚。

剛才看那個人的模樣，說他有四十五，她也不覺得奇怪。

十年竟然能讓一個風華正茂的人衰老成這樣。

過得挺好的？誰信呢。

阮喻皺著眉說：「到底是什麼樣的案件？」

「姦殺案。」

她倒抽了一口氣。

許淮頌摸摸她的腦袋：「不說這個了，妳會嚇到的。」

兩人到最近的飯店住下。

可能是因為有心事，許淮頌全程都心不在焉，阮喻也被那句「姦殺案」惹得一身雞皮疙瘩，恍恍惚惚地跟他上了樓。

等到刷卡進門，兩人才發現，這間飯店似乎有點不尋常——透明的浴室，天花板上一大面鏡子，房間裡有各式各樣像健身器材一樣的擺設。

他們好像……走進了什麼奇妙的地方。

許淮頌和阮喻站在門口一起呆住，三十秒後對視了一眼。

阮喻遲疑地問：「剛才櫃檯好像問過你，要哪種套房？」

「嗯。」許淮頌一臉無辜，「我說隨便。」

所以……

阮喻再次環視了一遍眼前這個連燈光都冒粉紅泡泡的房間。如果這種是隨便款的話，那麼問題並不出在許淮頌的身上。

她倒退了幾步，看了眼走廊裡的飯店標誌。嗯，兩個活潑好動的小人，很明顯的意思。

他們剛才可能瞎了吧。

那現在怎麼辦？

許淮頌低頭看了一眼手錶，大概在思考換地方所需要的時間。

看他打算走，阮喻想了想，覺得不能浪費。

她說：「不急不急，我先進去參觀一下，以後可以當寫作素材……」

眼睜睜地看她像好奇寶寶一樣走了進去，許淮頌只好跟在她身後。

置身在粉紅泡泡裡的阮喻完全忘了剛才一路起的雞皮疙瘩，像走進新世界一般，左看右看。

她在一把S型的躺椅旁蹲下來，思考了一下它的形態，因為想像力受限，沉默了半天，抬頭猶豫地問許淮頌：「這是幹什麼的……」

他撇開眼，面無表情地說：「我怎麼會知道。」

她若有所思地喔了一聲，又把目光轉向浴室裡一個半人高的大木桶，走進去拉拉浴簾，低低地說：「有簾子啊……」

那尺度也還好嘛。

「看好了沒？」許淮頌在門外催促。

她說再等等，又出來走到床邊，抬頭望向天花板的大鏡子，歪著腦袋照了照，說：「這個設計還挺唯美的，大清早太陽照進來，睜眼就能被自己美醒……」

許淮頌無奈地走到床邊，把她拎起來：「走不走？不走就住這裡了。」

新奇的擺設太多，連燈光都有七八種能變換，阮喻這裡按按，那裡看看，有點流連忘返。

似乎是跟許淮頌蓋棉被純聊天慣了，她沒什麼緊張的意識，思考了一下說：「住哪裡不是都一樣嗎？來都來了，將就一下吧……」說著又調起了燈光。

許淮頌看這根本不是將就，她明明很喜歡。

好吧。

第十五章　十年舊案意難平

他關上門，打開公事包，把電量即將告罄的筆記型電腦插上電源，卻沒發現房間裡沒有書桌。

想想來這裡的人也確實不可能辦公，他看了一圈，只好把電腦放在一張看起來還算稍微正常的椅子上，然後回頭看阮喻：「我再整理一下案子，妳先去洗澡。」

阮喻調燈光的手一頓，看了眼浴室。

剛才從參觀的角度感受了一下，覺得沒什麼，但真的要進去實踐時，尺度卻陡然升高了好幾個等級。

注意到她傻愣的目光，許淮頌也意識到不妥，說：「還是我先去檢查檢查吧。」他怕浴室裡有什麼奇奇怪怪的東西會嚇到她。

他說完後脫了外套，阮喻嗯了一聲，看他開始解襯衫的釦子，趕緊轉過身：「那我用一下你的電腦，你隨意……」

說完，把他的電腦捧起來放上膝蓋，挑了個背對他的位置坐下。

聽著身後浴室傳來皮帶釦碰到木桶的動靜，阮喻的心臟一跳。

這浴室毫無隔音效果。

水聲響起，她使勁眨了眨眼，把目光集中到電腦螢幕上。這一眼，她看見桌面上放了個資料夾，命名為「江易案」。

阮喻知道，為了周俊的案子，許淮頌最近一直在翻這樁十年前的舊案，企圖從兩者的相似性中總結出他父親當年的辯護模式，以作參考。

她把游標移上資料夾，按兩下。

看看案子轉移注意力吧。

資料夾裡放了很多圖文資料，她跳過幾個看起來太專業的文件，打開一個有關案情概述的。因為概述是律師視角，所以講的是委託人方面的內容。

內容裡提到，當年的被害人是一名蘇商大女學生，而江易則是即將畢業，與她同系的學長。

案發當天，江易和被害人及另外幾個同系學生一起聚餐，之後去了酒吧。酒吧散場後，當時正處在曖昧期的兩人撇下同學一起離開，在酒精作用下，在路邊的公廁發生了男女關係。

之後，江易因為接到一通電話，沒送女方回家就匆匆離開，再得到她的消息，就是她的屍體被發現在男廁隔間。

驗屍報告顯示，是後腦撞上馬桶水箱，當場死亡。

那時候的江易和周俊一樣，第一反應也慌了，面對警方的調查選擇了逃避，但他逃不掉。犯罪側寫顯示，罪犯大概是一名二十三歲左右，身材高大的男性。同學證明，被害人那晚是跟江易一起離開的。

重點是，被害人身上殘留的精子跟他的DNA鑑定結果一致。而他接到那通電話的時間，與被害人死亡的時間非常接近，無法分辨先後，不能幫他洗脫嫌疑。公廁比較簡陋，附近剛好也沒有監視器。

在輿論和警方刑訊下，江易精神出現錯亂，開始懷疑自己是不是真的害死了被害人，一度說辭前後矛盾。

直到許爸爸在江家人的委託下接手了案子，最終讓他被無罪釋放。

阮喻終於明白，為什麼陶蓉和許懷詩無法理解許爸爸了。因為從旁觀者的角度看整個案件，江易確實非常「像」凶手。難怪周俊也說，許爸爸是個能把黑變成白的人。

阮喻全神貫注地看著案子，沒注意到身後浴室的水聲停了。

她關掉文件，返回資料夾，滑動幾下游標，看到一張案發當晚，學生們的聚會照。

長相不俗的江易身在正中，和身邊的同學談笑，看起來風光無限。難以想像照片上的這個人，會在十年後以撿破爛為生。

阮喻嘆息一聲，正要退出，忽然發現照片中的餐桌一角有個看起來有點眼熟的身影。

她皺著眉放大照片，鎖定。

恰好身後的浴室門打開，許淮頌走出來，問：「在看什麼？」

阮喻啊了一聲。

許淮頌愣了愣，走過來，看到電腦螢幕上的照片，嘆了口氣：「就說了妳會被嚇到，還看。」

阮喻搖搖頭，示意不是。她手指著螢幕，食指微微發顫：「這個人……」

「怎麼了？」

「好像魏進啊！」

許淮頌跟魏進並沒有正面接觸過，研究這些舊照片的時候，也沒太注意無關人士。

他問：「妳確定？」

阮喻重新看向電腦螢幕，歪著頭仔細辨認了一下：「圖檔解析度不夠高，不好確定，但真的好像，特別是眼睛……不過如果真的是魏進，他怎麼會出現在這裡？你有沒有辦法查他的學籍？」

像魏進這樣的人，個人資料可能非常保密，警方正因為涉毒問題暗中摸他的底細，如果許淮頌以私人名義直接查他，容易打草驚蛇。

他想了想，翻開手機通訊錄：「我爸那裡有可靠的關係能用。」說著打了幾通電話。

半個小時後，魏進的學籍資訊被寄到了他的信箱。

阮喻坐在他旁邊，眼睛一眨不眨地看著檔案下載進度，直到ＰＤＦ跳出來，她一把揪緊了許淮頌的袖口。

魏進真的是蘇商大畢業的，還跟江易同系同屆。

阮喻瞬間起了一層雞皮疙瘩，抱著他的手臂說：「這說明什麼？」

許淮頌皺著眉頭，搖了搖頭：「不能說明什麼。」

他知道她在想什麼。

十年前的舊案，真凶至今沒有落網。而魏進當晚也在場，且年齡、身材都與江易相似。

可是一個可能存在吸毒史、強姦史的人，一定會殺人嗎？當然不一定。

當年的魏進並沒有出現在嫌疑犯名單裡，就說明他被警方排除了作案的可能。

阮喻也明白這個道理，光憑她帶有個人主觀感情色彩的臆測，警方不可能重新把魏進列為嫌疑犯。

要是這樣，不知道到底需要多少警察才忙得過來。

但是……

她說：「方警官不是在調查魏進嗎？跟他說說這件事，萬一順便查到什麼線索呢？」

許淮頌搖了搖頭：「先不說妳指控魏進的想法有多虛無縹緲，江易案發生在十年前的蘇市，跨區辦案、舊案重翻都需要條件，這個『順便』很難。十年前，離線索和真相最近的警察都沒有發現，他能找到什麼？現在唯一的突破點，只有警方的緝毒行動。」

阮喻點點頭：「那他們查得怎麼樣了？」

許淮頌畢竟不是警察，也不清楚太多內幕：「應該是懷疑魏進背後有毒品組織，在一步步追查中。聽說他前兩天去了越南，接下來又預定了美國拉斯維加斯的行程，跨境追蹤非常難，又要祕密進行，進展沒那麼快。」

不過，幸好魏進是這種「幹大事」的人，才沒把孫妙含放在眼裡，連帶也不在意阮喻。

在警方的建議下，孫妙含已經離開杭市，假裝息事寧人，而阮喻現在要做的，就是跟她一樣若無其事。

只有這樣魏進才不會起疑，警方的調查才能緩步推進。

許淮頌在電腦上，把周俊案、魏進案、江易案羅列在一起，來回滑動了游標，又把相關圖片看了幾遍。

阮喻在旁邊瞄來瞄去像在看恐怖片一樣，害怕歸害怕，又忍不住好奇想看。

注意到她的目光，許淮頌移開電腦：「別亂看，等等又喊睡不著，去洗澡。」

她喔了一聲，起身走了幾步，又回頭把包包裡的耳機拿出來，插上手機，調好音量，放了一首歌，設定單曲循環。

許淮頌看看她：「做什麼？」

她呵呵一笑：「給你聽一下歌。」說完，把耳機輕輕塞進他的耳朵裡。

許淮頌看了一眼浴室，笑了笑，在心裡嘆口氣。

也好。

歌曲循環至第五遍的時候，阮喻出來了。

許淮頌闔上電腦，把她趕進被窩，然後關了燈。

阮喻和衣躺下去，忽然驚叫一聲。

人嚇人嚇死人，剛碰到床沿的許淮頌嚇得一個踉蹌。

「怎麼了？」他問。

她拍拍胸口：「我忘了頭頂有鏡子，看到人影嚇一跳……」又盯著天花板看了幾眼，看得一身汗毛倒豎，側身把頭埋進枕頭，「這是什麼反人類的設計啊！」

許淮頌掀開被子上來：「剛才不是還說唯美？」說完把她的腦袋扳回來，「外面的枕頭不乾淨，別悶著。」

阮喻又瞥了一眼頭頂：「可是這樣我睡不著，我滿腦子都是你電腦裡的案件照片。」

「剛才跟妳說了別看。」許淮頌嘆口氣，把她抱進自己懷裡，「那妳埋在我的懷裡，行了吧？」

許淮頌生平第一次知道，情趣旅館也可以睡成鬼屋。

一整晚，阮喻像八爪魚一樣纏著他，不是把他當男人，而是把他當護身符。好不容易熬到天亮，緊繃了一夜的許淮頌輕輕搬開她的手腳，準備下床。

結果她迷迷糊糊地又纏了上來。他忍無可忍地去捏她的臉，把她捏醒了。

阮喻皺著眉頭一臉無辜：「你幹嘛……」說完伸展了一下腿。

許淮頌一把擋住她的膝蓋，咬牙說：「別亂動。」

她猛地意識過來，呆了呆，一點一點避讓開來。

許淮頌低咳一聲，下床進了浴室，十五分鐘嘩啦啦的水聲過後，他回來了，把悶在被子裡，捂著雙耳的阮喻挖出被窩：「睡夠了嗎？」

她紅著臉嗯了一聲。

「那換我睡了，妳下床去玩一下。」

她喔了一聲，爬下床又回頭，湊過去問：「你是不是整晚沒睡啊？」

許淮頌瞥瞥她，沒說話。

她咬咬唇：「我錯了……」

他伸手揉揉她的耳朵：「欠著，以後好好罰。」

陳暉來接兩人的時候已經臨近中午。因為張姊那邊還沒結束，三人打算先吃個午飯。接到許淮頌和阮喻，他在駕駛座回頭開玩笑：「都來蘇市了，頌哥不回家一趟？上次我送阿姨來，在你家蹭了一頓飯，外婆的手藝真不是蓋的，還叫我打包了一塊東坡肉帶走！」

許外婆的舊宅拆遷後，就跟陶蓉和許懷詩一起住在市區。陳暉這是看準了午飯地點。

許淮頌笑了笑，偏頭看阮喻：「你問她要不要去。」

突然被點名的阮喻一愣。這眼神，好像在怪她不肯跟他回家，害陳暉吃不到東坡肉。

許淮頌接收到她無辜的目光，眨眨眼：「那就去嘍。」

阮喻遲疑了一下。第一次上門應該要正式一點的，但這次毫無準備，甚至因為沒帶換洗衣物，她還穿著昨晚睡得皺巴巴的T恤。

她在心裡暗暗計較著這些，皺了一下眉頭，張嘴剛要回答，就聽許淮頌已經接道：「開車吧，隨便找個地方吃。」

聽他語氣淡淡的，她捏捏他的袖口，小聲說：「不是不跟你回去，下次我提前準備一下嘛……」

許淮頌點點頭：「我再睡一下。」說完挺直腰背，靠著後座皮墊閉上了眼。

「坐這麼挺，累不累啊？」阮喻抬起手，把他的腦袋往自己的肩膀按，「來。」

他笑了笑，枕上她的肩，並沒有告訴她，按照他們的身高差，這樣會更累。

三人找了一家路邊餐館吃飯，吃完回到車上，正要改道去接張姊，許淮頌忽然接到一通電話，是許懷詩打來的。

『哥，我補習班剛下課，在社區門口碰見一個有點眼熟的阿姨，一直問警衛說許家人住哪一棟，滿嘴「那畜生那畜生」的，看起來很激動，這會不會是……』

許淮頌一下子坐直，嚴肅地問：「妳跟她見到面了嗎？」

『沒有，我路過的時候，她在糾纏警衛，應該沒注意到我。』

「媽媽和外婆呢？」

『她們去超市了，還沒回家。』

許淮頌沉默了一下，說：「妳回家裡鎖好門，不是媽媽和外婆回來就別開。」

那頭的許懷詩明顯加快腳步，小跑著說：『哥你別嚇我，真的是那家人又來鬧事了嗎？不是已經過了好幾年了嗎？怎麼突然……』

許淮頌捏了捏眉心：「我現在不確定情況，妳先回家再說，我馬上過來。」掛斷電話後，他交代陳暉改道去他家。

阮喻沒聽清楚許懷詩說了什麼，皺著眉問：「出什麼事了？」

「昨天我們碰見江易的事，可能被人添油加醋，傳到被害人家屬那邊了。」

陳暉一聽不妙，踩下油門一路狂飆，臨近社區附近，卻在主幹道遇上塞車。

離社區正門只剩下三四百公尺，許淮頌拉開車門說：「我先過去。」

阮喻猶豫了一下，也跳下車，小跑著跟了上去。

他們還沒到門口，就先聽見尖銳的爭執聲：「我今天就是來這裡堵妳的，妳可別假惺惺，年年清明去為我女兒上墳了！看看你兒子跟那畜生的嘴臉，不知道又在盤算什麼！」

「王女士，淮頌他沒有在蘇市，這其中應該有什麼誤會……」

「誤會？菜市場老錢說了，你兒子風風光光回國了，跟他爸當年一樣，也做起了幫殺人犯脫罪的勾當！我倒要看看，你們許家現在又要禍害誰！」

阮喻跟不上許淮頌的腳步，在後面跑得氣喘吁吁。她遠遠看見社區門口有一個五十幾歲的婦人正衝著陶蓉和許外婆罵，說到情急處，還往前推了一把。

陶蓉被推得一個不穩，把手裡拎的超市購物袋甩了出去，踉踉蹌蹌地退後一步，又撞上了許外婆。

眼看老人家就要摔在地上，幸虧社區的警衛及時上前扶了一把，勸開兩邊的人。

許淮頌也趕到了，把媽媽和外婆擋在身後：「王女士，請注意您的言行。」

王芹看見他，眼睛一片血紅，向陶蓉質問：「這不就是妳的好兒子嗎？還說什麼不在蘇市？」

陶蓉真的不曉得許淮頌在蘇市，詫異地上前說：「淮頌你回去，你別……」說著又跟王芹不斷鞠躬道歉，「王女士，實在不好意思，我……」

「媽，妳做什麼？」許淮頌皺著眉把陶蓉拉回身後，看阮喻氣喘吁吁地趕到，對她使了個眼色。

阮喻心領神會，彎腰撿起地上的購物袋，拉著陶蓉和許外婆往社區走：「阿姨、外婆，我們先回家。」

陶蓉被她拉著走了幾步，又停下來回頭：「淮頌他會被遷怒……」

阮喻順著她的目光看去，見許淮頌正在跟王芹交涉，拍拍她的背安撫：「他會處理好這件事的，您別擔心。」

阮喻好說歹說，終於把陶蓉和許外婆帶回了家。

許懷詩從貓眼看見她們，開門哭喪臉著說：「媽、外婆妳們終於回來了，快嚇死我了！」說著又看到阮喻，「姊姊，妳跟我哥怎麼在蘇市啊？」

「等等跟妳說。」阮喻把門帶上，攙著許外婆進去，「外婆，您有沒有傷到哪裡？」

許外婆搖頭說沒有，現在才從慌亂裡反應過來，問：「噯，這位女孩是？」

見家長的環節說來就來，偏偏男方還不在，阮喻的臉皮薄，沉吟了一下：「外婆，我是……」

一路心不在焉的陶蓉聽到這裡回過神，替她回答：「媽，我跟妳提過的，這是淮頌的女朋友。」

許外婆恍然大悟，拍拍她的手背：「妳看妳第一次來，還給妳添麻煩了。」

阮喻呵呵一笑，拂了一把因為跑得滿頭大汗而黏在額前的瀏海：「沒事的，外婆。」

看出她的拘束，許懷詩連忙招呼：「姊姊妳快過來坐，我哥呢？」

阮喻一邊把許外婆扶到沙發，一邊解釋：「他在社區門口處理事情。」

陶蓉到廚房倒了杯水給她，又拿了條乾淨的毛巾讓她擦擦汗。

許淮頌遲遲沒回來，四人各懷擔憂，客廳的氣氛有點凝固。

過了一會兒，陶蓉遲疑著問阮喻：「妳和淮頌是什麼時候到的，是來辦事的嗎？」

她點點頭：「我們昨天來的。」

許外婆偏頭問：「那昨晚怎麼不回家裡住啊？」

陶蓉扯扯許外婆的袖子：「媽，淮頌都多久沒回來住過了，他在外面待得習慣……」

阮喻趕緊把責任攬到身上：「沒有沒有，他有說要回家睡，是我怕打擾妳們……」

她話音剛落，門鈴響起，是許淮頌回來了。

陶蓉迎上去：「怎麼樣，王家人有沒有為難你？」

許淮頌搖搖頭：「媽，這點小事我能處理，倒是您，實在不用……」他說到這裡打住，嘆了口氣，望了一眼坐在沙發上的阮喻。

他走過去，拿起她跟前的杯子，把裡面喝了一半的水一飲而盡。

陶蓉趕緊又去廚房倒水，叫許懷詩幫忙一起切水果。

「媽，妳別忙了，」許淮頌轉頭說，「我有同事在樓下等，坐一下就回杭市。」

陶蓉還是端了水果來，跟阮喻道歉說：「匆匆忙忙的，也沒準備什麼，妳吃點水果。」

阮喻笑著道謝，一邊接過水果。

因為社區門口的那樁意外，家裡的氣氛依舊比較沉重，許淮頌看今天實在不是時候，也沒多提自己跟阮喻的事，坐了一會兒就起身，臨走時跟陶蓉交代：「我跟王家人解釋過了，也和社區警衛打了招呼，她以後進不來。如果再碰上這樣的事，妳們直接報警。」

陶蓉沉默著沒有說話，過了一會兒問：「你這次是來辦案的嗎？我聽她說，你在幫……」

許淮頌沉默了一下：「是有個刑事案件，我在幫委託人搜集證據。」

陶蓉嗯了一聲，笑意似乎有點勉強：「你注意身體，一日三餐要按時吃。」

他點點頭，看了眼阮喻：「有她在管我呢。」

陶蓉跟阮喻說句「麻煩妳了」，回頭拿了幾盒吃的叫她帶回去。

阮喻推脫不了，只好收下，說下次再來拜訪。

離開後，她苦著臉看許淮頌：「怎麼每次都這麼猝不及防的……」

許淮頌牽上她的手：「這有什麼關係？反正我媽很喜歡妳。」

阮喻一下來了興趣：「她跟你說過嗎？」

他搖搖頭。

「那你怎麼知道？」

「妳想想就知道了，要不是妳，我能回國嗎？」

他說得理所當然，阮喻卻頓了頓，目光閃爍了一下。

兩人在樓下坐上了陳暉的車，沒再多提王家的事，一起去接辦完事的張姊。

張玲也忙得汗流浹背，上了車跟許淮頌彙報：「被害人的兩位朋友態度很低調，沒有打算出面的意思，我猜很可能是被害人家屬急於給委託人定罪，所以囑咐她們不要透露內情。」

陳暉嘆口氣：「雖然能理解被害人家屬的心情，但這麼胡來，掩蓋事實真相，萬一導致誤判……」他說到一半，想起許淮頌剛剛才被人鬧過，心情想必不太好，沒有再講下去。

回到杭市，許淮頌開始朝九晚五地到律師事務所上班，把更多精力投入周俊案。

阮喻知道這是為了什麼。

十年前的舊案，前人已經翻來覆去、竭盡全力，他身為律師，很難再為它做得更多。

可是他們都看到了，整整十年，許媽媽是如何心懷愧疚，許爸爸是如何背負罵名，被害人家屬是如何憤憤難平，被無罪釋放的嫌疑犯又是如何落魄潦倒。

三個家庭，全都在那個案件裡遍體鱗傷。許淮頌對此無能為力，所以企圖從相似的周俊案裡找到一點希望。如果周俊案能夠水落石出，如果能阻止悲劇重演，他就可以證明給媽媽看，也許爸爸當年沒有做錯。

他忙案子，阮喻在家也無趣，但凡不用去寰視，就早早起來黏著他，跟他一起去律師事務所改劇本，說這樣可以省家裡的電費。許淮頌沒有告訴她，律師事務所的電費是他付的，一樣是自家的錢。

大半個月過去，因為周俊在訊問中始終堅持無罪，而且事實證據不夠充分，檢察官提出對案件進行補充偵查。為此，沒日沒夜周旋著的張玲和許淮頌終於得到喘息的時間。

但阮喻掐指一算，卻發現他快回美國了。怕他又跟上次一樣「突然起飛」，阮喻這次特意提前問了他。

許淮頌坐在電腦前忙工作，喝了一口她遞過來的牛奶，說：「可以比原訂計畫晚幾天再走。」

「庭審時間能隨便延後嗎？」

許淮頌搖搖頭：「不是庭審。本來回去是為了趕著簽幾份前兩天剛弄好的重要文件，不能使用電子簽名，也不能承擔郵寄的風險。」

「那現在不用簽了嗎？」

「要簽。」

「那為什麼不用去了？」

阮喻眨眨眼有點疑惑。許淮頌說話向來直切重點，很少有一次兩次還說不清楚的情況。

這是怎麼了？

他頓了頓說：「過來。」

阮喻不明所以地走過去，然後被他圈進了懷裡。

等她坐穩在他的腿上，許淮頌才解釋：「呂勝藍剛好要來國內辦事，說可以順便把文件帶來給我簽，然後再帶回舊金山。」

怪不得含糊其辭的，阮喻點點頭示意知道了。

許淮頌低頭看看她：「別多想，就幾份文件，也用不著見面，我叫小陳幫我拿。」

「嗯……」阮喻拖長了音，頓了頓說，「我不是在想這個，就是覺得……她能幫你忙，而我老是讓你為了我來回奔波。」

「同事間本來就是互相分擔工作的。再說，我也不是為了妳在奔波。」

「嗯？」

許淮頌笑了笑：「看不見妳，我自己最難受。」

阮喻嘴上沒講什麼，眼尾卻帶著笑意揚起來，她摟住他的脖子，親了一下他的下巴，一觸即分。

許淮頌低下頭，拿三十倍的時間跟她的唇做了一場纏鬥。

三天後，阮喻照慣例去寰視開劇本會議。

許淮頌送她到門口，囑咐她跟之前一樣隨時保持聯絡，避免落單，如果和魏進見到面，保持自然。

不過阮喻這邊的狀況是，半天過去，七樓會議室歲月靜好，在十九樓的魏進連一步也沒有下來。

就在她感慨運氣不錯的時候，午飯時間，她又看見鄭姍的祕書來送奶茶。

跟上次一模一樣的牌子和口味。

她的腦子裡剛閃過一個念頭，就收到了一封印證這個想法的訊息。

李識燦：不用緊張，我就在十九樓。

原來運氣好是假的，是李識燦又找了什麼理由來十九樓吹冷氣，才讓她免去了跟魏進接觸的可能。

她回覆：謝謝，麻煩你了，又浪費你一天時間。

李識燦：沒事，我閒著呢，這裡的冷氣好吹又不用錢。

她沒有再回，剛要關掉螢幕，忽然注意到下方有一條新的好友申請。

她點開一看，對方似乎是個新註冊的用戶，頭像都還是預設的，驗證內容：妳好，我是呂勝藍。

阮喻一愣。

前天呂勝藍叫助理送資料到律師事務所，挺有分寸地沒有跟許淮頌見面，現在她應該也拿回了他簽完字的文件，為什麼突然來加她的微信？

她摸不著頭緒地點了接受。

呂勝藍開門見山：阮小姐妳好，冒昧打擾妳。我今天就回美國了，走之前想請妳喝個茶，如果妳方便的話。

阮喻倒確實有午休的時間，但還是對她約自己的原因不明所以。

她的手在螢幕上停頓良久，正打算問問許淮頌這是怎麼回事，緊接著又看到呂勝藍的訊息：我沒別的意思，只是想跟妳聊聊淮頌在美國的情況，可以的話，請妳暫時對他保密。

美國的情況？

阮喻皺了皺眉頭，打字：我在寰視，只有一個小時。

呂勝藍：那我開車過去，妳十分鐘後到正門可以嗎？

軟玉：可以。

阮喻到了寰視門口，坐上呂勝藍的車。

她還是一身俐落的套裝，看見阮喻，摘下墨鏡跟她打招呼，之後一路無語，直到進了茶室的包廂。

服務生上了茶，阮喻看對面的人似乎還在醞釀，先試探著問：「呂小姐怎麼知道我的微信帳號？」

呂勝藍低頭笑了笑：「就是那次。」

簡簡單單四個字，氣氛陡然凝固。

呂勝藍抬起眼來：「那天的事，我很抱歉，但今天我不是來跟妳道歉的。我接下來要說的話，還會對妳產生新的歉意，只是這些話，如果我不說，妳可能永遠不會知道。」

阮喻皺了皺眉。

〆

從茶室出來回到寰視，阮喻整個下午都處在心不在焉的狀態，好幾次被點到名，連討論的問題都沒聽清楚。

直到傍晚散會，許淮頌說他已經到門口，她才打起精神下樓。

一樓大廳，李識燦正撐著手肘坐在沙發上玩手機，看她從電梯出來，抬頭看了她一眼。

阮喻微微一愣，然後就明白了。

他應該是算准了散會時間，來這裡確保她平安回家的吧，雖然看起來有點小題大做。

她感激地回看他一眼，走出大廳，坐上許淮頌的副駕駛座，繫好安全帶卻等不到車開走。

許淮頌偏著頭，目光還落在大廳的方向。

阮喻順他的目光看去，見李識燦朝這邊望了一眼，然後拿起手機轉頭離開了。

她解釋：「他是因為……」

「我知道。」許淮頌打斷她。

雖然隔了很遠，但李識燦的意圖，他一眼就能看懂。

他說：「挺好的，有他在我也放心一點，妳的安全最重要。」

阮喻看了看他的表情，沒再多說什麼，歪著腦袋靠上椅背。

他偏過頭來，看她一臉懶散的樣子，問：「怎麼了？」

她張張嘴又閉上，搖搖頭：「沒，就是開會開累了。」

「那就別回去做飯了，晚上在外面吃吧。」

「嗯。」

車子緩緩發動，湧入了不息的車流中。

阮喻把頭擲向窗外，看天色一點點暗下去，路旁高矗的路燈一盞又一盞地亮起，就像中午時，呂勝藍平平淡淡的一句又一句，把她一直以來沒有看見的，許淮頌的世界慢慢照亮。

她說：「妳應該不知道，淮頌當初為什麼會選擇讀法律吧？其實他並不是從一開始就能理解他爸爸。那個時候，他也覺得許叔叔好像是個『拿人錢財，替人消災』的反派人物。所以他最初選擇到美國讀法律，是因為想做一個跟他不一樣的律師，可能現在回頭看看，有點幼稚。

黃種人在那邊很不容易。我還好，從小待慣了，在學校也有很多朋友，但他沒有。他單槍匹馬，在受到歧視和不公待遇的時候，只拿成績說話。美國人確實很吃這一套，當他的成績一再位居榜首，他們就漸漸心服口服了，說那個亞洲男孩是個天才，可是他們不知道，他們口中的天才，因為過勞進過兩次醫院。

他以全年級最好的成績畢了業，考過全美最難的律師資格考。但後來，妳應該也猜到了。他抱著叛逆的心理念了法律，跟他爸爸一路摩擦、衝突，最終卻在成為一名律師後，一步步走回他爸爸的老路，磨平了這些稜角，理解了他爸爸的不易。

許叔叔突發腦梗塞，被診斷為腦血管性痴呆的那天，他在醫院枯坐了一夜，之後，開始接手他爸爸的案子，一件件全都扛下來。他什麼話也沒講，但我看得出來，從那個時候開始，他真的放在心上了。律師對他來說已經不是工作，而是一項事業。

妳可能想像不到，他這樣的人竟然有過菸癮，就是許叔叔病倒以後不久染上的。最初那兩年壓力實在太大了，沒辦法，只能靠外物刺激，直到第三年，他才回歸正常狀態，把菸戒了。

妳現在看到的他，是摸索打滾了八年之後，風光無限的他。他有了資本，所以能夠說回國就回國，但這並不意味著他的放棄很輕易。一夕間割捨掉努力八年的事業，也許他確實心甘情願，但這真的不是一件理所當然的事情。

這些事沒有別人知道，如果我不講，他可能永遠不會跟妳提。而比起妳永遠不會知道，我覺得，還是由我開這個口更好，反正，我們本來也不可能成為朋友。」

阮喻望著窗外的車流，捏緊了包包裡的護照。

這本護照，是上次許淮頌因為李識燦不愉快過後，她找時間去辦的。

她昨天剛拿到手，想等下一階段的工作安排明確後再跟他商量。

她當時辦護照的想法很簡單。跨國遠距離的那陣子，兩人天天跟時差和距離作戰，結果還是在溝通上產生了問題。既然她的工作本身不存在嚴格的地域限制，那麼她想，等他下次飛美國的時候，她也許可以跟著去，陪他忙完再一起回來。

但這個想法也僅限於此。她辦這本護照的時候，確實沒考慮過定居美國這件事。

許淮頌是為了她回國的，她應該早就知道，前幾天在蘇市也聽他親口說過。但也許是他從一開始就輕描淡寫地做了這個決定，而她也潛意識地認為他回國是「落葉歸根」，是他家人「皆大歡喜」的決定，所以她沒有像呂勝藍一樣，把這件事看得那麼嚴肅。

儘管從情感上來講，她不喜歡呂勝藍這樣的態度，但理智一點看待，有一點，她點醒了她——這段感情裡，她的付出確實比許淮頌少太多了，並且她漸漸地沉溺其中，習慣接受，慢慢把他的好當作理所當然。

她是個向前看的人，面對與他缺失的八年，並沒有過分沮喪。但凡事都有兩面性，她拋開過去活在當下，卻也無視了他在那段過去中可能存在的痛苦掙扎。

阮喻看了一眼開著車的許淮頌，說不出的懊惱。

他確實不可能主動提那些，但她其實可以試著問問他。

她怎麼也沒問呢？

許淮頌目視前方問：「在會議上挨罵了？」

她搖搖頭示意不是，沉默了片刻說：「我在想，我這個人是不是……」

「嗯？」

她低下頭，捏著裙角說：「挺自私的啊……」

許淮頌皺了皺眉，剛要問下去，忽然聽見她的手機傳來振動聲，於是頓住了。

阮喻滑開手機，發現是李識燦的訊息：忘了跟妳說，魏董看起來近期有出國的安排，接下來這陣子妳可以安心。

許淮頌瞥了一眼她的對話視窗，看到了對象是誰。

她抬頭解釋：「他跟我說魏董最近要出國。」

他嗯了一聲，張了張嘴似乎想繼續剛才的話題，但轉念又放棄了，說：「想吃什麼？」

兩人吃完飯回到家，許淮頌先去洗了澡。

阮喻窩在客廳的沙發上，看他很久沒出來，拿手機傳訊息給沈明櫻，略過一些關於他的隱私細節，簡單說了今天的事。

明櫻：妳現在不會是在告訴我，妳打算跟他去美國定居吧？

事關終身和背後的家庭，阮喻當然不可能倉促決定。

她停頓片刻，正打算說只是第一次考慮起這種可能，打字到一半，就看沈明櫻傳來一串問號：妳們剛交往多久？算一算剛好滿兩個月吧，有一半時間還是跨國遠距，妳確定這不是頭腦發熱？他對這件事什麼意見？

她沒有正視前兩個問題，回：他在洗澡，我還沒跟他談。

而且她覺得她一開口，就會被一句「不需要」甚至「不可能」直接打回來。

明櫻：那妳家裡呢？

軟玉：我得自己先想清楚才能跟家裡提。

阮喻也沒說錯，自己都沒想好，當然不該盲目地驚擾父母。但這句話隔著螢幕傳遞到沈明櫻眼前，可能被誤會成了「先斬後奏」。

於是她就先爆炸了：愛得死去活來的時候，犧牲也很甜蜜，但妳能保證以後嗎？先不說別的，想像一下那種生活，妳是打算在異國的大房子裡當一輩子的金絲雀？他回到國內，不過是事業重新開始，但妳在那邊人生地不熟，除了他，一無所有，柴米油鹽的日子總會有矛盾，吵架的時候，甚至感情變質的時候怎麼辦？說句不好聽的，妳一個人遠在他鄉，別人欺負妳，他可以護著妳，但要是他欺負妳了呢？妳不能不管不顧地把自己綁死在一個男人身上啊！

說白了，這就是遠近親疏各有偏幫，站在誰的角度，就替誰著想。

沈明櫻這一頓逆耳忠言來得又猛又烈，阮喻還沒想到怎麼回答，只能眼睜睜地看著她的訊息一條接一條地跳出來；也不知道什麼時候，許淮頌已經出來了，正拿著乾毛巾擦濕漉漉的頭髮，目光落在她的身上，卻不講話。

她正被沈明櫻的話攪得心煩意亂，突然一眼看到他還有點恍惚，沒話找話地說：「你洗好啦？」

許淮頌嗯了一聲。

她放下手機去拿吹風機：「那你坐著，今天我幫你吹頭髮。」

許淮頌看了一眼沙發上不停振動的手機，在椅子上坐下來。

吹風機的聲音隔絕了訊息的紛擾。

等幫他吹乾頭髮，阮喻才在一旁坐下來，說：「淮頌，我有話跟你……」

「洗澡休息吧。」他打斷她，「我明天一早還要去蘇市辦事。」

阮喻今天沒跟著去事務所，也不清楚他們的工作進度，一愣之下點點頭：「那等你回來再說。」

許淮頌可能是真累了，說睡就睡。

等第二天清早，阮喻想問他能不能帶自己去，一睜眼卻看到身邊已經空了。

一張字條留在床頭櫃上：『早餐在冰箱。』

她覺得許淮頌跟自己之間的氣氛怪怪的，不知道是她有心事的緣故，還是他也有問題。

她不得其解，傳訊息問他什麼時候回來，得到「傍晚」的回覆後，她就去超市買晚餐食材，沒想到在回來的路上接到了他的電話。

許淮頌說：『妳不在家嗎？』

「啊？」阮喻愣了愣，「我在從超市回家的路上，要進電梯了，怎麼啦？」

不用得到回覆，她很快就知道是怎麼了。本該在蘇市的許淮頌回到了家裡，看起來應該剛到。

她愣了愣：「怎麼突然回來了啊？」

「臨時決定不去了。」

她笑著晃晃手裡的購物袋說：「那剛好，這些就當午飯。」

阮喻正要轉頭進廚房，卻看許淮頌忽然上前來，把她手裡的購物袋抽出，放到地上，然後從背後環住了她。

猝不及防地，她的心不知怎麼地顫抖了一下。

許淮頌收緊手臂，一聲不吭，把下巴埋進她的肩窩。

她一頭霧水偏過頭：「怎麼了？」

他沒答，沉默了一下問：「我過幾天還是得去美國，魏進的事還沒有結果，妳一個人在這裡我不放心，妳要不要跟我一起去？護照可以急件辦理，簽證我也能找關係。」

阮喻原本就想找他聊這件事，一聽他主動開口，毫不猶豫地答：「好啊！」頓了頓，轉過身說，「護照我有啦，你幫我安排簽證就好。」

許淮頌在美國的人脈網確實厲害，阮喻的簽證不是走後門，而是坐「飛機」。

直到幾天後拎著行李去機場，她還覺得快到還沒緩過神，不過心情倒是梳理得開朗了一些。

其實，有什麼好躊躇的？從現在開始認真考慮未來也不遲。

杭市的九月依然燥熱，阮喻坐在副駕駛座吹冷氣，吹到悶了，把車窗打開，趁等紅燈的時間伸出手吹吹風。

許淮頌看了她一眼，提醒：「快開車了，把手伸回來。」

她喔了一聲，望著前方的路況，發現一整排車排成長龍，移動緩慢，低頭看了一眼手機時間。

「來得及，開過這段就好了。」看她想吹風，許淮頌關了冷氣，不疾不徐地開著車。過了半個小時，周圍的車流量果然少了很多，尤其是上了跨海大橋後，前面的車還見得到車影，後面就只剩稀疏幾輛了。

阮喻回頭望了望，問：「今天週末，大橋上這麼空？」說完不等他答，又咦了一聲，「你駕照才考到多久，不能上高速公路吧？」

許淮頌看看她：「妳不是駕齡七年了嗎？」

喔，實習司機在老司機的陪同下是可以上高速的。

阮喻瞥瞥他：「其實你是因為這個才帶我一起來的吧！」

許淮頌笑笑，沒有說話。

一路駛過十幾公里，因為大橋上車速比較快，海風漸漸大起來，阮喻扭頭關上大半扇車窗。

後面沒有車來，倒是前面落下一輛開得很慢的黑色寶馬。大概是卡在最低車速，跟車跟得人怪鬱悶的。

許淮頌看看時間，打了方向燈超車，與它平行時，阮喻下意識地扭頭看了一眼車主。

接著她渾身一顫。

許淮頌已經開車超到前面，注意到她神情不對，問：「怎麼了？」

「那輛車上好像是魏進……」

一瞬間擦肩而過，她不敢肯定，但這個人的長相確實犀利得讓她格外敏感。

許淮頌倒沒什麼特別的反應：「李識燦前幾天不是說他要出國嗎？大概也是去機場吧。」

阮喻點點頭，透過後視鏡又朝後望了一眼。

這一望，就發現寶馬的車速時快時慢，路線開得歪歪扭扭，時不時壓到隔壁車道的線，然後又險險轉回來，像喝醉酒一樣。

她剛要問這是怎麼回事，就看到同樣在看後視鏡的許淮頌皺起了眉頭。

他問：「我們上大橋之後，後面來過幾輛車？」

「就兩三輛吧？」阮喻說完疑惑起來，「這麼說來，逆向車道那邊，好像也一直沒什麼車過來？」

許淮頌的眉頭皺得更緊。

她愣愣地眨了眨眼，領悟過來：「難道是在我們上來之後不久，大橋兩邊就封路了？」

這個路況實在不對勁。除了封路，應該沒有別的解釋。但是好端端的，為什麼封路？

從許淮頌格外嚴肅的神情，還有後面寶馬的詭異狀況，阮喻似乎明白過來什麼，抓緊了安全帶。

她的目光一直盯著後面，過了一會兒，看見魏進忽然加速，把車開了上來。

「他想幹什麼？」阮喻忍不住嘴唇打顫。

許淮頌關上車窗，把她抓著安全帶的手掰下來握在掌心，說：「有我在，不會有事的。」

她低低嗯了一聲，看寶馬加速到與他們平行的位置，死死目視著前方，不敢轉頭。

許淮頌一邊握著方向盤，一邊往右看，跟魏進對視了一眼。

一眼過後，寶馬開始減速，又落後到他們的後面，似乎剛才加速上來，只是想確認這一眼而已。

許淮頌保持均速繼續前行，說：「他車上的副駕駛座還有個女人，表情不太對。」

阮喻緊張地問：「會不會是人質？」

「可能。」

所以恐怕魏進是打算逃去國外，警方發現後臨時展開了追捕行動。

阮喻的心跳加快，望了一眼橋下波濤洶湧的汪洋大海。

大橋兩端封路，橋面上有六個車道，只有寥寥幾輛還沒通過的車，簡直像是一座孤島。

她吞了一口口水，下一刻，見到逆向車道那邊飛快地駛來一輛鳴笛的警車。與此同時，後視鏡裡的寶馬換檔倒車，急速後退。

魏進一手握住方向盤，一手把一件橘色的衣服往身上套。

電光石火的一瞬，阮喻明白過來。大橋兩端堵死，他在穿救生衣準備跳海！

分隔島另一邊的警車步步緊逼，寶馬轉了個一百八十度的彎，開始逆向行駛。

許淮頌抬眼，忽然說：「坐穩。」然後同樣掉轉車頭，追了上去。

阮喻一把拉住扶手。

警車還在分隔島外，不論距離或速度都不如許淮頌有優勢。阮喻知道他為什麼這麼做。

大橋高四十多公尺，從這裡跳下去九死一生，加上人質在魏進的手上，警方也很可能會為了營救人質把他擊斃。

他為了脫罪可以鋌而走險，也許逃之夭夭，也許就此喪生，但許淮頌不能讓他這樣做。

十年前的舊案，這場行動是唯一的突破點。許家、江家、王家全都在等這一天，等了十年。

魏進不能死。他必須接受法律的制裁，把真相還給所有人。

許淮頌踩下油門，車一路朝前疾馳而去。

第十六章　生死時速跨海橋

儀表板的紅色指針瞬間滑過一百四十。

阮喻的心似乎就要跳出喉嚨，呼吸急促。

分隔島外的警車追到了相當的時速，與許淮頌平行，搖下車窗喊話。

阮喻打開她這一側的車窗，看見後座持槍的警察。

風聲呼嘯中，男聲傳了過來：「這位先生，警方已經在前方路口準備攔截，嫌疑犯目前很可能是吸毒駕駛狀態，我們不建議你逆向行駛靠近！」

許淮頌還在持續加速，沒有工夫回應。

阮喻趴在車窗上替他答：「警察先生，攔截可能來不及了！我們剛剛發現嫌疑犯車上好像有一名女性人質，可能利用這名人質和救生衣、繩索跳海逃生！」

警察立刻拿起對講機：『攔截位置往前移！橋下可能有船隻接應，準備海上作業！』

前方的寶馬車影越來越小，他話音落下，許淮頌再踩一腳油門，車速攀升至一百八十，直逼兩百。

警車加速慢，落在後頭，遠遠拋來一句「小心，量力而為」。

引擎開始轟鳴，聽得人頭皮發麻。

許淮頌緊盯路況，在越來越接近魏進的時候，看見寶馬的正前方出現一輛橘色貨車，應該是在封道之前開上大橋的。

兩車即將對撞的時候，魏進猛地一個閃避，車輪幾乎有一瞬間脫離路面飛起。

貨車卻沒有這樣的靈活性。司機慌了，方向盤一轉、剎車一踩，車體偏移，控制不住地打橫衝出去。

阮喻的一聲尖叫死死壓在喉嚨底。

許淮頌目視前方，一聲不響地緩打方向盤，從路肩與失控貨車交錯避開。

貨車衝過分隔島後繼續前滑，轟地一聲橫在路中央，占滿對向所有車道。

隔壁的警車緊急剎停。

阮喻朝後看了眼，見到貨車車頭卡進護欄，沒有衝下海，鬆了口氣。

再一轉眼，他們離魏進的寶馬已經很近了。

許淮頌調整車向，看准前車的後保險桿，剛準備撞上去，卻看寶馬的天窗忽然打開，那名女人質被推出大半個身體。

這種情況下撞上去，人質很可能會飛出去喪命。

許淮頌不得不放棄動作，繼續咬著魏進的車尾。

三十秒後，對向出現兩輛急速駛來的警車。

魏進馬上減速，人質因慣性前翻，飛出天窗，直直撞上其中一輛警車。

阮喻閉緊雙眼，接著聽見一陣刺耳的剎車聲。

是一輛警車為了救人質而停下來，而另一輛警車迅速打橫攔截。

許淮頌見勢慢慢減速，準備斷後。

魏進卻像瘋了一樣，非但不停，反而打方向盤擦撞路肩旁的欄杆，像魚一樣滑溜溜地再次逃脫。

許淮頌眉頭緊皺，重新加速。警車原地掉頭，跟著上來。

阮喻的喉嚨乾得像要冒出煙來，緊張地看向左邊。

注意到她的目光，許淮頌緊盯著前方說：「擦過欄杆，他的車撐不了多久了。」

她點點頭，再看向寶馬，發現速度果然慢了不少，方向也歪歪斜斜不穩起來，看樣子情況算是在掌握之中了。

因為後面的警車加速追上來，許淮頌沒有盲目地冒險去撞魏進的後保險桿，只是配合警方緊追。

一分鐘後，警車超上來，打亮了方向燈。

阮喻透過後視鏡看了一眼：「這是準備兩面夾擊？」

許淮頌剛要點頭，忽然眼前一閃，看見從前方寶馬的天窗扔出一把羊角鎚。

羊角鎚砸來，直直擊中阮喻面前的擋風玻璃。

一瞬間，她嚇得連尖叫都忘了，睜大著眼，腦子一片空白。

下一刻她的眼前一花，預想中將要砸上擋風玻璃的鎚子卻變了方向。

車子忽然歪斜地衝了出去，砰的一聲撞上寶馬的後保險桿。

安全氣囊彈出，兩輛車一起在撞擊裡停了下來。

在四溢彌漫的白色霧氣裡，阮喻抬起頭，有一瞬間，世界寂靜得好像什麼也聽不見了。

然後這樣的寂靜被警車的鳴笛聲和許淮頌的問話聲打破。

他迅速解開安全帶靠過來看她：「有受傷嗎？」

阮喻捂著臉說：「沒有……」隔了幾秒鐘後她才反應過來什麼，急急摸上他的肩，「你呢，還好嗎？」

許淮頌搖搖頭，打開車門下去，再繞到她那邊，把她扶下來。

阮喻一個腿軟，被他抱在懷裡才穩住，隨即後知後覺地回想起之前的情況，問：「羊角鎚呢？剛才……」

她說到一半停下來，愣在原地。

剛才高速飛車的魏進大概是嗑藥嗑嗨了，被逼得從天窗丟出一個羊角鎚，企圖迫使許淮頌停車。

那樣的高速下，羊角鎚很可能破窗而入，直接對她的生命造成威脅。

千鈞一髮時，許淮頌猛打方向盤，扭轉了車向。

那麼，那個羊角鎚後來到底砸到了哪裡？

看他安然無恙，阮喻回頭望了一眼他的卡宴。

車子的A柱上有一道明顯的凹痕，應該就是羊角鎚擦過去時弄的。

可是那個位置，距離他面前的那塊擋風玻璃僅僅咫尺之遙。如果車速不夠快，或者方向出現一點點偏差，這把鎚子就會穿透玻璃擊中他。

原本朝她來的鎚子……想通這點的阮喻瞬間缺氧，眼前一點點蘊出水氣。

比起剛才追車時的緊張，這種後怕更加讓她恐懼，讓她難以喘息。

差一點點，她就要失去他了。

她整個人一點點無力地滑下去，像是脫了水，喉底彷彿有火在燒。

許淮頌牢牢地撐住她：「怎麼了，哪裡不舒服？」

阮喻的背後出了一層冷汗，死死抱住他的腰，仰起頭一瞬間淚流滿面：「許淮頌，你不要命了……」

許淮頌看了一眼卡宴上的凹痕，低頭用指腹幫她擦眼淚，笑著說：「怎麼不要？我算准位置才打的方向盤。」

阮喻一邊抹眼淚一邊抽噎：「你哪來的神力可以算準位置！」

他笑得無奈：「真的算准了，如果不是確保萬無一失，我哪裡還有餘力去撞魏進？」

她愣了愣，慢慢收乾眼淚，看到周圍的警察四散開來，一群去查看魏進的情況，一群來詢問他們是否有受傷。

寶馬大概是故障了，安全氣囊只彈出一半。魏進被抬了出來，看樣子是暈了。

這邊的阮喻除了腿軟之外沒什麼事，許淮頌把她攬在懷裡，回答警察的問題。

四面一片雜亂。

阮喻靠著許淮頌，臉色在午後三點多的日照下慢慢恢復血氣，只是精神還有點恍惚，呆滯地看著兩輛救護車趕到，一輛把魏進綁上擔架帶走，另一輛繼續往前，去接人質和貨車司機。

過了一會兒，交通警察和保險公司也到了，來處理現場情況，幫車子判定損傷。

許淮頌忙得一刻都沒停，等拖車把車帶走才得以低頭問她：「好點了嗎？」

阮喻還沒答，就看到一名陌生的警察上前來，跟許淮頌握手：「非常感謝你為逮捕行動做出的貢獻。剛剛我們在橋下發現一輛遊艇，疑似是嫌疑犯的同夥，如果不是你及時追擊，斷了他的後路，等他逃到海上，情況就複雜了。」

許淮頌騰出一隻手，跟他一握，淡淡地說：「不客氣。」

警察看了一眼明顯受驚的阮喻，致歉道：「兩位坐我們的警車回去吧，先到附近醫院做個檢查。」

兩人到醫院做了個全身檢查，等到檢查報告出來，確認無恙後，聽說魏進醒了，只是由於輕微腦震盪，暫時不宜接受刑訊，正被警方嚴密看守中。

往美國的航班早就起飛好幾個小時了，這一趟是去不成了。

許淮頌叫了車帶阮喻回家，關上家門，剛從這一團混亂裡喘口氣，手機卻響起來，是陶蓉的來電。

『淮頌，媽看到大橋上的新聞了！那個是不是你？你們有沒有事啊？』

許淮頌一一答著，那頭的陶蓉似乎嚇壞了，不停重複著「那就好」。

這一通電話還沒講完，阮喻的手機也響了起來，一樣是家裡。

兩人各自和家裡報著平安，等掛斷電話，阮喻疑惑地問：「什麼情況，新聞做了詳細報導嗎？」

「不知道。」許淮頌看了眼廚房，「吃點什麼？」

「泡個泡麵吧，我去弄。」

她剛要走去廚房，被他攔下：「妳休息一下，我來。」

於是阮喻坐在沙發上，拿出手機打開微博看新聞。

一支熱門影片跳了出來──「跨海大橋上演真實版好萊塢大片，二十公里亡命追擊，為英雄點讚！」

阮喻先為英雄點了個讚，然後點開影片。

影片是監視器畫面，顯示了今天下午許淮頌追車的部分鏡頭，背景音裡，一個男聲對每一個操作細節都做了詳細評論，直到最後那個環節。

他說：『羊角鎚飛出來的時候，卡宴車主為了保護副駕駛，猛打了一次方向盤，這個操作其實相當冒險，能躲開純粹是運氣……』

阮喻拿手機的手忽然滯住。

評論還沒結束：『不過車主的反應確實非常靈敏，如果往左打方向盤，車必定撞上靜止的護欄，車內人受傷的可能性就非常大了。而往右打方向盤，撞上速度相當的前車保險桿作緩衝，則有效規避了翻車的風險……』

阮喻呆坐在沙發上，不再聽見之後的話。

她抬起頭，淚眼矇矓地望向廚房裡正在拆泡麵調味包的人。

這個曾經滿嘴謊言的騙子，又一次欺騙了她。

所謂的精心算計是假的，所謂的「有餘力撞上魏進」也是假的。意外發生的瞬間，打方向盤也好，撞保險桿也好，都跟他追擊魏進的初衷無關了。

生死一刻，他只剩下了保護她的本能。除此以外的事，他根本來不及想。那種情況下，他怎麼可能知道自己一定能躲開呢？

他不知道，他根本不知道啊。

阮喻用手背抹了一下眼淚，卻發現眼淚越滾越多，越滾越燙。

可是讓她哭成這樣的那個人，還在若無其事地往泡麵碗裡倒調味料。

她放下手機，起身走進廚房。

許淮頌在水壺沸騰的聲響裡聽出身後的動靜，剛要回頭，就被她從背後抱緊。他動作一頓，調味料灑了出來，低頭看了眼阮喻環在他腰間的手。

她一言不發地輕輕抽噎著，有水氣在他的襯衫上蔓延。這一刻，不需要她開口，他就知道她為什麼哭了。

許淮頌垂了垂眼，把她的手輕輕掰開，然後轉過身去。他的神情並沒有因為她的眼淚而出現鬆動，相反地，一直是緊繃的。他閉了閉眼，似乎是不願意正視她的眼淚，帶著一絲央求的意思，說：「別哭了好嗎？」

阮喻愣了愣，又抽噎一下。

許淮頌嘆了口氣。他不想看到她哭。

從安全氣囊彈出的一剎那起，他就一直沒從後怕裡緩過來。看似沉著地處理善後，看似從容地在這裡泡泡麵，內心卻始終波濤洶湧。

明明是他先把她捲進危險裡，是他欠她一句「對不起」，可是到頭來，她卻用這種「從此以後什麼都可以交給他」的眼神望著他。

她的眼淚讓他說不出話，許淮頌閉著眼睛眉頭緊皺。

阮喻仰起頭，從最初的不解，到看見他眉峰間流露出的情緒——內疚、自責和慚愧，她恍然大悟。

就在他終於醞釀完，睜開眼要說什麼的時候，她先開了口，破涕為笑：「哇，許淮頌，你好過分。」

許淮頌有點詫異。

她抬起頭，看著他的眼睛：「這種時候，難道還要我安慰你說『沒關係，我理解你』嗎？」

許淮頌又是一愣，沉默了一下說：「安慰也沒用。」

阮喻抹抹眼淚，揚起下巴：「對吧？安慰也沒用。換個角度想，假如今天你沒追上去，而魏進死了，那內疚的人就成了我。你再怎麼安慰我，我也還是會想——要不是我拖累你，你又怎麼會錯過攔截他的最佳時機呢？」

她說到這裡笑了笑：「人生本來就有很多措手不及的關頭，而在那些關頭裡，根本不存在最佳選擇，因為不管怎樣選擇都有弊端。但現在的結果是，魏進被捕，你好好的，我也好好的，我可以安慰你，而不用內疚，這個結果，我簡直賺翻啦！」

許淮頌的目光微微閃動，伸出手撫摸她的臉頰。他是何德何能，能被這個勇敢的女孩子體諒。他摩挲著她的臉，下手力道之輕，是因為內心有千萬噸重的愛不知如何去放。

然後阮喻告訴他：「噯，其實我剛才就想說了，你有時間在這裡自責、內疚，沒時間親親我嗎？」

壓抑了一下午的情緒在她這句話後徹底崩塌，許淮頌低下頭吻住了她。

阮喻這下倉皇地退了一步，被他親得一陣「嗚嗚嗚」，指著他身後的窗戶含含糊糊說：「沒、沒拉窗簾……」

許淮頌沒有回頭去拉麻煩的百葉窗，直接把她抱了起來，一路抱進房間。

房裡是暗的。阮喻要開燈，許淮頌卻攔下她的手，捧著她的臉跟她交纏起來。

阮喻回應著他的吻，抱在他腰間的手一路往上，勾纏住他的脖子。

許淮頌被她主動的動作一刺激，加重了這個吻。

他好像習慣了在黑暗裡釋放情緒，但這樣的黑暗，卻漸漸讓阮喻回憶起下午的驚魂，還有解說的那句「能躲開純粹是運氣」。

她也體會到了，在親密裡尋找安全感的滋味，似乎怎樣的嚴絲合縫，都不夠讓她去擁有一個差點失去的他。

她開始不滿足於簡單的親吻，往他的身上貼近。許淮頌卻在這時候往後躲了一步。

她不解，繼續向前。他再退，她再進。

然後咚的一聲悶響——兩人倒在床上，以阮喻壓在許淮頌身上的姿勢。

許淮頌的身下是綿軟的床。

阮喻感受到的，卻是什麼堅硬如鐵的東西。

「……」

「……」被發現了祕密。

兩人在黑暗裡喘著氣四目相對，相對無言。

但有些「變化」卻在這樣的貼合裡越放越大，大到阮喻目瞪口呆，連喘息也不敢了。

她感覺，自己的小腹上，好像多了一個會跳的心臟……

一陣死寂裡，許淮頌扶住她的肩，把她搬開，結果因為姿勢問題被她擦過，低低嘶了一聲。

他低咳一聲：「妳去吃麵，我洗個澡。」

阮喻哎了一聲，拉住他的手：「洗……洗澡真的有用嗎？」

「有……」他背對著她，「吧……」

他說完就扭頭進了浴室，有那麼一點落荒而逃的架勢。

二十多分鐘後，許淮頌出來，卻看到阮喻不在外面。客廳沒有，臥室也沒有，手機也不在。

許淮頌打電話給她：「妳去哪裡了？」

那頭傳來阮喻笑呵呵的聲音：『泡麵太難吃啦，我出來買點好吃的……』

「想吃別的跟我說，那麼晚了自己跑出去幹什麼？」他邊說邊走到玄關準備換鞋，「妳在哪裡，我去找妳。」

『不用了！』阮喻驚慌失措地制止他，『我很快就回來，你在家等我！』

阮喻是個不太會說謊的人，有什麼心事，很難瞞過他的眼睛。就像前幾天，她從寰視開完會出來就不太對勁。

許淮頌穿鞋的動作頓住，垂了垂眼，語氣變淡：「嗯，那妳注意安全。」

那頭掛斷電話的阮喻拍著受驚的胸口，呼出一口長長的氣，接著冷不防地聽見身後傳來一句：「小女孩，妳是要買保險套還是當小偷呢？」

她一抖，回過頭，看見一個濃妝豔抹的女人正一臉疑惑地看著她。

她站在便利商店的貨架前呵呵一笑：「那個，嗯……」

對方大概從她的表情看懂了，指著五顏六色的貨架說：「喔……需要幫忙嗎？」

阮喻吞了口口水，眼神已經說明了這個「需要」。

「給妳。」對方從貨架上拿起一盒來，「第一次可以用這個，好戴。」

「為什麼好戴？」

對方嚴肅正直地說：「因為大。」

「……」

「喔，不大嗎？那用這個，」她又拿起一盒，「不容易痛。」

阮喻再次虛心求教：「為什麼不容易痛？」

「因為潤滑。」

阮喻拿著兩個盒子，皺著眉糾結了一下，小心翼翼地問：「那有沒有又大又潤滑的呢？」

阮喻回到家的時候，看見許淮頌一個人低著頭在吃泡麵。

她愣了愣：「我買了便當，你怎麼先吃啦？」

他抬眼看了看她手裡一大袋東西，說：「餓了。」

阮喻喔了一聲：「那你不夠的話再加便當。」說完把自己的飯搬到他旁邊，跟著吃起來，一邊吃一邊往他的褲縫瞄。

注意到她的目光，許淮頌手裡的叉子一頓，但再看她，卻發現她正認認真真地戳著紅燒獅子頭。

他於是又低頭吃起麵來。

阮喻卻因為緊張，有點吃不下去，吃了沒幾口就蓋上便當。

許淮頌看了眼她幾乎沒怎麼動的飯，沒有說話。

她把便當丟掉，清理垃圾，過了一會兒說：「我去洗澡啦。」

許淮頌嗯了一聲。

阮喻走進浴室，一邊洗澡一邊深呼吸，等出來，就看到許淮頌雙手交握，坐在沙發上發呆，好像在思考什麼，情緒有點低落的樣子。

她疑惑地走過去：「想什麼？還在糾結下午的事？」

他搖搖頭，說：「我明天自己去美國吧。」

阮喻一愣。他在美國還有工作，肯定要改時間再去，但為什麼不帶她去了？

許淮頌接著說：「我本來就是因為魏進才帶妳走的，現在他落網了，妳也用不著跟著我這樣奔波。」

「但我不是因為魏進才跟你走的啊，」阮喻皺皺眉，在他旁邊坐下來，「我是不想跟你分開。」

許淮頌轉過頭來，眉眼間流露出一絲掙扎：「妳不用因為下午的事把自己綁在我身上，如果妳原本有更好的選擇……」

阮喻一頭霧水，發現了他的不對勁。

確實，早在今天之前，許淮頌就不對勁了。只是那時候她心裡也在想別的事，所以對他的異狀沒有太強烈的感覺。現在她心境開朗了，卻發現他依舊消極，而且，似乎跟下午的事沒有關係。

她去摸他的手背：「你怎麼啦，最近是不是有什麼事啊？」

「是妳有心事。」

阮喻點點頭：「嗯，是……」

他把她的手輕輕挪開：「那天妳要跟我說什麼，被我打斷了，現在說吧。」

許淮頌說的是她從寰視開完會回來的那天晚上。阮喻在回答之前，先從這個疏遠的動作裡隱隱察覺到了什麼。

這麼說來，那天他是故意打斷她的？

她問：「你故意說要早睡，第二天又故意去蘇市出差，都是因為不想聽我跟你談事情？」

「嗯。」許淮頌垂了垂眼，「那天我沒有要去蘇市出差，上午出門後，自己在附近走了一圈。」

「……」

「為什麼啊？」阮喻瞠目，問完後，在腦海裡梳理了這件事。

許淮頌故意逃避談話，應該是誤會她要講什麼不好的事。所以那天他回來後，就急急忙忙問她要不要跟他去美國。

其實魏進只是一個藉口，他是怕她離開他，才要把她帶走。但他為什麼會誤會她要離開他？

在許淮頌回答之前，阮喻就恍然大悟了。

那天在寰視，李識燦默默守著她上車，接著又傳來一封訊息。而她在那個關頭，剛好問了許淮頌一句，她這人是不是挺自私的。

自私的意思是只接受，不付出。所以許淮頌誤以為，她是指自己接受李識燦的幫助，卻沒有回應什麼。他誤以為，她在掙扎、猶豫的事情是要不要回應李識燦。

想通以後的阮喻一陣無語，感覺自己像個傻子。當然，許淮頌更傻。

她驚訝地說：「剛才我去便利商店，叫你不要來，你不會以為……」以為她這樣躲躲閃閃的，也跟李識燦有關係吧？

許淮頌沒有說話，看起來是默認了。

阮喻又好氣又好笑：「許淮頌你真是氣死我了！」

他愣了愣，眨眨眼。

阮喻回頭去拿手機，把呂勝藍的對話視窗打開：「來，你好好看清楚，我到底是為什麼有心事的。」

許淮頌看了一遍聊天紀錄，皺眉：「她找你說了什麼？」

原本阮喻還在猶豫怎麼說這件事，這下也顧不了，把事情經過直截了當地講了一遍。

許淮頌聽完以後，捏了捏眉心。

阮喻氣惱地問：「你幹嘛！頭痛啊？」

他搖搖頭：「肝痛。」

還是被氣的。

「我才肝痛呢！」她吸吸鼻子，「你這樣誤會我，也不給我解釋機會就給我定了罪……有話能不能好好說出來？」

她越說越氣，最後從沙發上站起來，來來回回地走，好像只有這樣才能消解心底的委屈。

許淮頌也默默地坐著整理了一下思緒，然後起身把她拉回來：「我錯了，以後不把話憋在心裡了。」

阮喻深吸一口氣：「你最好祈禱還有以後。」

「妳別這樣……」他把她拉進懷裡，「我真的知道錯了。」

阮喻磨磨牙，狠狠地咬了他下巴一口。

許淮頌哼了一聲，清清嗓子說：「那我現在有話直說，可以問妳一個問題嗎？」

她瞥他一眼：「問。」

「既然跟李識燦沒關係，那妳剛才去做什麼了？說買好吃的，也沒看妳吃幾口。」

「……」要命了。

原本在那種柔情蜜意的氛圍裡，這種事自然而然地攤開了也沒什麼。

但現在這個情況，難道要跟他說，她去買「以身相許的道具」了？

不以身相許了，打死不以身相許了。

她正在生氣呢。

她搖搖頭：「這件事你就自己憋在心裡吧。」

許淮頌被她氣笑：「剛才還叫我有話就說出來，我問了，妳又不說。」

「就是不說，怎麼樣？」

許淮頌能怎麼樣？他調整了一下呼吸，目光掠過她從便利商店帶回來的一大袋零食。

阮喻隨著他這一望緊張起來。

許淮頌敏銳地察覺到不對勁，眨了眨眼說：「妳是不是買了什麼東西？」

她搖頭：「什麼啊？沒有……」

許淮頌放開她，自己去翻袋子。

她趕緊追上去扯他：「噯你幹什麼，你不許亂翻，這是我的私人財產呢！」

許淮頌這次忍不住了，什麼溫柔紳士在止不住的好奇心面前被打退，一把拎起袋子。阮喻爭搶著要把袋子奪過來。兩人你推我搶，在地毯上滾成一團，最後袋子啪的一下被扯開，兩盒五顏六色的東西掉了出來。

「……」發現祕密了。

「……」被發現祕密了。

阮喻坐在地毯上死死地捂住了臉。

許淮頌盯著那兩個盒子，緩緩扶了扶眼鏡。他偏過頭，發現她正從指縫裡偷瞄他，見他看過來，又迅速併攏手指。

於是他又回過眼，去看那兩個盒子。

阮喻哭喪著臉，把頭埋進了膝間。這個樣子，像是在等待救援。

他看了一會兒，保持「心平氣和」的模樣，靠過去在她旁邊蹲下來說：「多大的人了，還吃泡泡糖？」

「……」

阮喻抬起頭，面露驚訝之色：「啊？」

原來他不認得這玩意兒？難道是因為地域文化差異？

許淮頌很自然地轉頭去翻袋子裡的其他零食，一件一件地掏出來：「果凍、蝦味仙、軟糖，妳幾歲了？」

看他真情流露出一臉「難怪怕我笑妳」的表情，阮喻漲紅的臉慢慢恢復正常：「不……不可以嗎？」

許淮頌笑著看她一眼：「妳高興就行。」說完就把那兩個盒子裝回袋子裡。

阮喻眼明手快地把它們一把抓進懷裡：「這是我的，其他的可以分你……」

他摸摸她的頭：「不跟妳搶。」然後伸手去拉她，「起來了。」

阮喻一手拿著小盒子，借他的力道爬起來，然後看他走向房間，說：「看一下書，然後睡覺了。」

她點點頭把客廳收拾好，盒子藏進抽屜，進臥室的時候，就見到許淮頌靠在床頭，拿著一本書在翻考古題，看起來很認真的樣子，絲毫沒有受到剛才那個意外的影響。

他真的不認得保險套。

不知道該哭還是該笑的阮喻繞過他，走進浴室刷牙，對著鏡子無法形容此刻的心情。

慶幸呢，還是悲哀呢？

牙刷了足足十分鐘，刷到牙都痠了，她才調整好心態，走出去爬上床：「今天很累了，別看啦，睡覺！」

許淮頌喔了一聲，闔上筆記本。

阮喻笑咪咪地看著他，目光掠過他手中書皮的一剎那，嘴角卻忽然一僵。

他的書……是不是拿反了？

許淮頌把書放到床頭櫃上，關了大燈，留了一盞門邊的小燈幫她照明。

房間一下暗了大半。阮喻眨眨眼，回憶了一下剛才一瞬間看見的封面字樣，確認自己沒有眼花。

所以，他看了十分鐘倒過來的書，並且沒有意識到？那麼，他在出什麼神？

她緩緩掀開被子，緩緩鑽進去，緩緩望向天花板。

他認得保險套，他怎麼會不認得保險套。

認得卻裝作不認得，是為了顧全和保護她的面子，是因為所謂的「狼沒帶餐具」從來都是藉口。

寧願洗冰冷的澡，看顛倒的書也不觸碰那條線，在他認為可以之前。

十八歲的他因為無法決定未來，不對她說「喜歡」，二十六歲的他因為無法確定未來，不對她說「愛」。

哪怕這份愛已經重到讓他為她急打方向盤。

阮喻鼻子一酸，望著已經熄滅的大燈忍住眼淚。怎麼這麼傻呢，許淮頌？這麼傻，她都氣不起來了。

許淮頌剛要躺下，看她對天花板露出一臉感動的表情，愣了愣：「上面怎麼了？」

阮喻吸吸鼻子，憋著哭腔說：「這盞燈好美啊……」

「……」

許淮頌沉默了一下：「幫妳打開？」

她搖搖頭：「關掉也挺美的……」

他撐著手肘看她：「那妳坐著看一下？」

她點點頭。

許淮頌先躺了下去。

阮喻抱著膝蓋，繼續望著大燈平復心情，可是內心湧出的情緒卻越來越強烈。

難過時很沉默的許淮頌。

愛的時候也很沉默的許淮頌。

這個男人，不是五彩斑斕的煙火，也不是驚天動地的雷霆，他是長流的細水，淌過山石，淌過溝渠，一路醞釀著世上最好的愛，把它一點一點送到她的身邊，輕輕淺淺的，卻可以流到永遠。

阮喻慢慢地躺了下去，側身面對他：「許淮頌，你會不會有一天厭倦我、離開我？」

平躺著的人聽見這番話立刻皺起眉，偏頭說：「不會。」又問，「想什……」

「我也不會離開你的。」她打斷他，「真的不會。」

他皺緊的眉頭鬆開，然後看見她靠過來：「所以，我們之間沒有什麼不確定的未來。」

「嗯。」他笑著嘆口氣，「不用安慰我，我知道之前是我誤會了。」

阮喻搖搖頭，吞吞吐吐地說：「我的意思是，既然這樣，我們現在為什麼……不在一起呢？」

他一愣：「我們已經在一起兩個……」

「我是說……」她急急打斷他，卻又說不出口，「我是說……」

許淮頌從她羞惱的神情裡看懂了她的意思，遲緩地眨了眨眼。

目光閃動間，他的眼底好像掉進了星星。

他沉默了很久，開口確認：「妳認真的？」

怕他因為她一點點的猶豫表現就繼續退縮，阮喻毫不猶豫地使勁點了點頭：「跟你救不救我沒關係，跟你難不難受也沒關係，是我想……」想把自己交出去。

她說完以後就垂下眼盯死了自己的鼻尖，不敢看他了。

許淮頌很久沒有動作，一直看著她。

就在阮喻眼一閉心一橫，打算自己湊上去的時候，他輕輕捏住了她的下巴，最後一次確認：「那我不忍了……」

她輕輕閉上眼，點了點頭，覺得這一夜將會非常非常漫長，漫長到彷彿能看見一生的盡頭。

充滿儀式感的「第一個清晨」，阮喻並沒有按照「完美劇情」在許淮頌的懷裡醒來。她是被水聲吵醒的，睜開眼後發現身邊沒有人，但床單還很溫熱。

許淮頌在浴室洗漱，應該剛起來不久。

她恍恍惚惚地看著窗簾縫隙裡透進來的光，慢慢清醒，昨晚發生的事也在腦海裡一點點地清晰、真實起來。

她和許淮頌走到那一步了。從十六歲到十八歲，他們牽了一次手，從二十六歲的五月到九月，他們走到了那一步。

很快又很慢。

昨晚第一次的過程並不久，但前面準備太久，兩人都大汗淋漓。結束以後，他要抱她去浴室，被她忙不迭地拒絕。

因為她想像到情趣旅館裡那面鏡子的含義，許淮頌只能端了水來幫她擦洗。

但昏暗裡的曖昧情愫並不比明亮下少，擦著擦著又走了火，兩人選擇束手就擒，跟著心意走了第二次。第二次就有點不得了了。

最後她精疲力竭，等許淮頌再次打算抱她去浴室的時候，她像死魚一樣沒掙扎，也不記得害臊了。

只是現在回想起來，臉又紅了，一邊臉紅一邊偷笑。

阮喻的嘴角剛彎到一半，浴室門被打開了。

她像做賊一樣地收斂笑意，閉緊雙眼。

許淮頌無聲一笑，在床邊蹲下來，慢慢靠近，在她唇上啄了一口：「快十點了。」

阮喻忘了裝睡，立刻睜開眼驚訝地問：「這麼晚了？」又意識到照顧他一日三餐的失職，一下子爬起來，「那你吃早餐了嗎？」

許淮頌沒有戴眼鏡，睫毛上還沾著水氣，看起來非常良善，善解人意地搖搖頭：「捨不得吃了。」

「……」

普通男人說葷話不可怕，因為你可以馬上狠狠地瞪回去。

但許淮頌的可怕之處在於，從他嘴裡說出的葷話，得在心裡想過一遍才能領悟，而等領悟過來，已經錯失了最佳回應時機。

然後他就當你接受了這句葷話，開始了下個話題，他笑著說：「起床了，我煮了粥。」

阮喻摸摸鼻子喔了一聲，掀開被子，腳一點地，一股痠脹的感覺就襲上腿間。

看她頓了頓，許淮頌把她拉住：「我拿臉盆來，妳在床上洗？」

她一頓：「我只是……」經歷了兩次人事，不是坐月子啊。

「大學體適能測驗過後比這還厲害呢，第二天下床時，整寢的人都鬼吼鬼叫的。」她嘟囔一句，示意這只是小事一樁，轉頭往浴室走。

許淮頌淡淡喔了一聲，過了一會兒又跟進去：「那我還比不上妳們大學體適能測驗？」

阮喻擠牙膏的手一頓。

這有什麼可比性嗎？

她避開重點說：「是青蛙跳太傷啦。」

許淮頌拿過她手裡的牙刷，幫她擠牙膏，又幫她倒了水遞給她，然後說：「那個也有類似青蛙跳的傷法。」

他是昨晚被打開了什麼開關，沒完沒了了是吧？

阮喻放進嘴裡的牙刷卡住，緩緩抬起眼，嘴角淌出藍白色泡沫。

許淮頌看著鏡子裡的她笑了一下，一手從背後環住她，一手接過她的牙刷，說：「張嘴。」

她微微張開嘴，被他刷起了牙。

毛刷細細擦過她的每一顆牙，接著，一杯水遞到了她的嘴邊。

她偷偷瞄向鏡子裡的許淮頌。

他專注地低頭看著她，眼底都是溫柔得像要滴出水的星點，看她不動，輕聲催促：「漱口。」

前所未有的親密在兩人之間蔓延。

她開始相信一種說法：一個男人和一個女人有沒有過「關係」，敏銳的旁觀者一眼就能看出來。

她低頭就著他的手喝了一口水，漱了漱，吐掉。

許淮頌接著幫她刷第二遍。

她含著他手裡的牙刷，鼓著滿嘴泡沫含含糊糊地笑著說：「你在養女兒嗎？」

他低頭笑：「妳這些話別被老師聽到，好像我拐了他女兒一樣。」

阮喻漱了口，歪著頭看他：「難道不是嗎？」

許淮頌聽到這句話，好像想到了什麼，放下漱口杯說：「又不拐去美國。」

聽他提到這件事，阮喻稍稍一滯，收了笑意。

許淮頌嘆口氣，伸手摩挲她的臉：「妳知道我為什麼一直沒有入美國籍嗎？」

她搖搖頭，皺了一下眉，有點疑惑。

細細想來，他在美國八年，以他的成就應該早就可以入美國籍了。

「因為我爸生病之前從沒提過這件事。一開始我以為，他可能有別的事業規畫，但等他生病以後，我整理了他的工作資料，發現他一直在做國內的投資。雖然我們在美國紮了根，但他似乎不打算徹底放棄國籍，不打算完全割捨這裡的一切，所以我也不會擅作主張。

我原本就有盼著我回來的媽媽和妹妹，也有或許留戀著這裡的爸爸，是妳給了我一個取捨的契機。我在美國能做律師，在這裡也能，八年看起來很長，可是跟往後的幾十年比起來，不也不值一提嗎？」

阮喻不知道許淮頌這些話有幾分真幾分假。但如她所想，他是不可能帶她走的。

他笑了笑：「我很高興，妳願意為了我考慮這件事，但只是考慮就夠了。」

她垂著眼點點頭，過了一會兒問：「那叔叔怎麼辦呢？」

「等他身體的情況穩定一些，我諮詢一下美國的醫生，看他什麼時候能恢復到可以坐飛機的條件，以及有沒有可能適應新的環境生活。」

她點點頭：「那我們這次什麼時候去美國？」

他伸手點了一下她的鼻子：「還是按照我昨天說的，我一個人去。過不了多久就是法律特考了，我這次過去沒幾天，妳跟著我來回，還要調時差太累了。」

阮喻發出不答應的哼哼聲，企圖用「美色」留人，戳戳他的腰暗示：「你就這麼捨得啊……」

許淮頌稍稍愣了愣，然後反應過來，低下頭說：「妳明天不就生理期了？我就走這一個多星期。」

「……」

阮喻的一腔溫情全餵狗吃了，許懷詩當初的忠言響在耳畔：「看見我哥這精明算計的嘴臉了嗎？這種人，妳跟他談談戀愛就好了，絕對不要嫁喔！」

阮喻推推他：「走走走！」

第十七章　種因者終得其果

許淮頌搭晚上的飛機走。

阮喻因為電影投資人被拘留而暫停了劇本工作，閒了好一陣子，在家發著霉等了他半個月。

許淮頌回來的那天，她意外接到了方臻的電話。

她接起來，聽見那頭問：『阮小姐，請問妳能聯繫上許律師嗎？我聯繫不上他，國內國外的兩個號碼都是。』

「他在飛機上，你再過一個小時應該就能聯繫上他國內的號碼了。」她問完皺了皺眉，好像猜到了什麼，「你找他有什麼事？是不是魏進的案子有消息了？」

『嗯，許律師之前私下跟我提過，關於他父親十年前接手過的一個案子。』

阮喻的心一下子快速跳起來：「有進展了嗎？」

『有一項重大發現，已經轉交給蘇市警方了。』

「什麼發現？」

『我不方便透露，許律師如果關心這件事，可以聯繫蘇市那邊。我就是來轉達這個的。』

掛斷電話，阮喻坐在沙發上抓著手機思考了一會兒，然後買了一張到蘇市的高鐵票，在許淮頌下飛機的第一時間把這個消息告訴他，跟他說直接在蘇市碰面。

因為機場離蘇市比杭市近得多。

阮喻抵達蘇市火車站時已經接近傍晚，沒等幾分鐘，許淮頌也到了。

他自己的車還在維修廠，不知從哪裡借了一輛別人的車來。

阮喻一上車就受到了迎門摸頭殺。

他俯身過來幫她繫安全帶，輕輕捏了一下她的鼻子，說：「我處理完這邊的事再回杭市也不差幾個小時，妳還這樣跑來。」

「我是怕你忙不完，得在這裡過夜嘛。」

分開了這麼多天，別說幾個小時，阮喻一分鐘也等不及地想見到他。

許淮頌笑了笑：「妳知道我美國的同事叫妳什麼嗎？」

這陣子兩人視訊得比上次分開時還頻繁，他好幾個外國同事都知道阮喻。

阮喻摸摸鼻子：「什麼啊？」

許淮頌發動車子，打方向盤駛離火車站，彎著唇角說：「黏人貓。」

阮喻一愣：「明明是你非要跟我視訊睡覺的，你沒闢謠嗎？」

「鬪了。」

「怎麼鬪的？」

「我說，可能我也不算人。」

「……」

去往警局的路上，兩人一路東拉西扯。或許有「小別勝新婚」的意思，但更多的，其實是出於心照不宣的忐忑。

兩人都對即將到來的真相心懷忐忑，所以都想借著打情罵俏來緩和彼此心底的緊張，於是就演變成了這樣。

但這份刻意營造的輕鬆，還是在看到警局門口的江易時灰飛煙滅。

許准頌停車時，江易正跟在兩名警察的身後朝警局裡走，大概是被請來問話的。

他皺了皺眉，把車停進車位，然後解開安全帶，剛要開口就聽阮喻說：「去吧，我在車裡等你。」

許准頌還算跟這案子有點關聯，阮喻就完全是局外人了，也不好把警局當菜市場，說進就進。

她在車裡等，腦海中卻浮現剛才江易走進去的樣子。他還是穿著那件又黃又舊的汗衫，佝僂著腰背，抬頭看見警局門上的警徽，兩腿都在發顫，上臺階時差點絆了一跤。阮喻甚至可以想像到，他的眼底一定滿是惶恐。這不是心虛，而是真的害怕。

當全世界都說「你有罪」時，他有多害怕，她懂。她也經歷過那樣百口莫辯的絕望。

阮喻嘆口氣，看天邊的太陽慢慢西沉。

大約一個小時後，她見到許淮頌一個人走了出來。

車門被打開的一瞬，她一顆心倏地揪緊，側過身先看他的表情。

他的表情並不像是如釋重負，她忍不住問：「還是沒結果嗎？」

他搖搖頭，坐上來卻沒有發動車子，靠著椅背沉沉嘆出一口氣：「應該有結果了，雖然還要等審判，但八九不離十。」

「真的是魏進嗎？」

「警方因為持有毒品案，調查了他近幾年的資金流通紀錄，輾轉發現一個可疑的戶頭。魏進單方面地往這個戶頭匯了十年的款，都是大數目。中間雖然繞了很多管道，但最終指向一位港籍地產大亨。」

「這位地產大亨，曾經是蘇市的一名法醫。」

阮喻喉嚨一哽，猜到了究竟。

許淮頌艱難地吞了口口水：「警方查證到，這名法醫當年受魏進囑託，對被害人的屍體動了手腳，導致驗屍判定的死亡時間比實際提前了很多。由此造成的結果是，江易沒有不在場證明，而魏進獲得了合理的不在場證明。」

「事實上，被害人和江易在男廁發生關係時，魏進剛好在角落隔間。」

許淮頌沒有繼續說下去，大概是不想講細節給阮喻聽。

但她也大致猜到了。

當晚，幾人在酒吧一場狂歡，魏進一定喝了酒，巧合之下聽了一場「活春宮」，等江易因事匆匆離開，他酒勁上頭，就對被害人起了那方面的心思。大概是發生肢體衝突時失手殺了人。

在自首和偽造不在場證明藉以脫罪之間，魏進選擇了後者。從此以後，他強姦、吸毒，在光鮮亮麗的表皮下，是一個扭曲的靈魂。

「這麼多年，魏進為什麼沒有伺機殺人滅口？」

「一則滅口有風險，二則法醫也是聰明人，為了不被兔死狗烹，肯定留了一些證據，如果他意外身亡，這些證據就會到警方的手中。」

阮喻輕輕閉了閉眼，再睜開時，看見江易孤身從警局出來，走得踉踉蹌蹌，推開玻璃門後，一屁股坐在台階上。接著，忽然放聲大哭。

一個三十幾歲的男人，像個小孩一樣，張著嘴嚎啕大哭，哭得上氣不接下氣，發出奇怪的、悲鳴似的嗚咽。

十年後這一天，他在紅得滴血的夕陽裡呼天搶地，用想讓全世界都能聽見的聲音再次吶喊：「我沒有殺人！我沒有殺人——！」他一邊喊一邊哭，淚裡帶著笑，卻又笑得很慘澹、很絕望。

阮喻隔著車窗看見路人驚訝不解的眼神，看見他們落在江易身上的目光，像在注視一個可怕的瘋子。許淮頌打開車門，走了過去，在江易的面前蹲下來，拍了拍他的背，說：「都結束了，沒事了。」

江易停下了大喊，拿布滿老繭的手捂住臉。

眼淚順著他的指縫淌下來，許淮頌朝他和煦地笑了笑：「我送你回家好嗎？」

等他們把江易送回住處，天已經黑了，兩人隨便找了家餐廳吃飯，結束以後，許淮頌打算開車回杭市，卻聽到阮喻提議：「我們去看看你媽媽吧？」

許淮頌知道她的言外之意，案子的消息應該跟陶蓉說說。

他垂了垂眼：「過兩天吧，我還沒想好要怎麼開口。」

太多年過去了，真相一朝破土，身在其中的人反而一下不知該如何解開那個打死的結。

阮喻沉吟了一下：「也行，不過天都黑了，別開車回去啦。」

許淮頌偏頭看她：「那找個飯店？」

她搖搖頭，抱住他的手臂：「就住你家嘛，你外婆上次都邀請我們了。」

許淮頌笑了一下：「我見過騙女朋友回自己家的，沒見過被女朋友騙回自己家的。」

她瞥瞥他：「那你上不上當啊？」

「上。」

許淮頌打了通電話回家，然後被阮喻拉去賣場買東西。兩人瘋狂掃蕩了一番後，一起提著大包小包回了家。

陶蓉和許外婆歡歡喜喜地把兩人迎進門。

因為是週末，許懷詩也在家。她正在寫作業，看見兩人這陣仗就哇了一聲，跑到客廳，指著一堆禮盒說：「有我的嗎？」

許淮頌說：「有。」然後拿起一疊巔峰四十八章的模擬考卷給她。

許懷詩：「……」

阮喻湊到她的耳邊小聲說：「跟我沒關係啊，是妳哥要買的。」

許懷詩癟著嘴：「怎麼連姊姊妳也治不了他了啊？」

許淮頌把她往書房推：「寫妳的作業去。」

「高三生就沒人權嗎？」她回個嘴，在他冷冷瞥過來之前縮起脖子，「好好，沒人權沒人權！」然後一溜煙回了書房，關上門前，還朝阮喻比了個嘴型——別嫁別嫁！

阮喻笑著跟她揮手，示意她安心地去。

陶蓉和許外婆把兩人請到沙發坐下，這次雙方都準備充足，氣氛也相當和諧。

陶蓉問兩人這次來蘇市做什麼的時候，許淮頌剛要答「辦事」，阮喻接了一句：「淮頌今天剛從美國回來，機場離這裡近嘛，我們就過來了。」

許外婆哎了一聲：「老是跑來跑去也很累，淮頌有沒有什麼打算啊？」

許淮頌沉默了一下，實話說：「有打算，等處理完美國剩下的工作就不太去了。」

陶蓉的目光明顯閃動了一下。

許外婆笑起來，對阮喻的稱呼也變得親昵：「我就跟你媽說，你對喻喻這麼上心，肯定是有打算的。有打算好，有打算好……」

陶蓉沉默了片刻問：「那你爸爸？」

許淮頌頓了頓答：「以他現在的情況，無法留他一個人長期在美國。」

陶蓉笑得不太自然：「他能坐飛機嗎？」

「我問了美國的醫生，說可以嘗試，但風險還是有的，要嘛等過段時間，他狀態恢復得更好一點，要嘛包機回來。」

從美國包機回來，幾十萬、上百萬都不是開玩笑的，顯然許淮頌目前還不急著做決定。

陶蓉點點頭，沒再繼續這個話題，聊了一會兒別的，說：「你剛坐了這麼久飛機，帶喻喻早點去休息吧，房間幫你們整理好了。」

許淮頌說好，然後帶阮喻回了房。

剛關上房門，許淮頌就輕輕捏了捏她的臉，低聲問：「想幹嘛？」

很顯然，今晚的話題都是阮喻刻意引導的，她就是抱著這個目的來他家。

阮喻靠著門板，對他露出相當乖巧的笑容：「我幹什麼啦？」

許淮頌的眼底顯露出無奈。

他跟家裡有隔閡，又像個悶葫蘆不輕易去解，她就想辦法幫他們破冰。

他嘆口氣，放過她：「去洗澡。」

兩人先後洗了澡，阮喻穿上在賣場臨時買的睡裙，因為是成人款，領口設計得很低，爬上床的時候，她抬手遮了遮。

許淮頌已經坐上床，笑著問：「妳在遮什麼？」

她不過是下意識的動作而已，小聲嘟囔：「我怕你血氣方剛啊……」這是他家，行動當然要保守一點。

許淮頌把她拉進被窩，一本正經說：「不會的，也沒什麼好看的。」

「……」

阮喻一下從他懷裡彈起來：「你什麼意思？」

他搖搖頭示意沒什麼，把她拉回來：「睡覺。」

「不說清楚不睡了。」

「說清楚更睡不了了。」

阮喻深吸一口氣。

好了，他就是在嫌她胸小沒錯。

果然書裡說得沒有錯，男人吃到嘴就會換一副面孔。

她癟著嘴偏頭看他：「許淮頌，你變了，你變得有恃無恐了，你現在對我跟對劉茂是一樣的了。」

他低頭看看她，忍不住發笑：「我會抱著劉茂睡覺嗎？」

「你會損他、利用他、欺負他！」阮喻氣呼呼地背過身去。

許淮頌追上去，把她抱回來：「我說沒什麼好看的，是心理暗示。」

「暗示什麼？」

他抓起她的手，讓她往下探了探，然後嘆一口氣：「非要住我家的不是妳嗎？我媽在對面，我外婆在斜對面，我妹妹在隔壁，我除了暗示自己做個人，還能怎麼辦？」

凝神靜氣地做了一晚的人，一大清早，天剛濛濛亮，許淮頌就被一陣鬧鈴聲吵醒。緊接著，一隻手胡亂抓向他的胸膛。

他閉著眼眉頭緊皺，把她的手抓住：「妳的手機不在這裡……」

阮喻迷糊著，半瞇著眼抬起頭：「那在哪裡？」

可能是之前一個人住久了，她有個習慣，睡覺時喜歡把手機放在被窩裡觸手可及的地方，這樣才有安全感，這習慣還沒徹底改過來。

許淮頌昨晚睡到半夜被手機敲到，就把她的手機隨手放到床頭櫃上。

他沉痛地靜默片刻，在手機鈴聲嘟嘟嘟的刺激下睜開眼，轉頭摸索幾下，關了鬧鐘，回過身把她重新塞進懷裡：「定什麼鬧鐘？」

「我不能大剌剌地睡著，在你家白吃早餐啊。」阮喻抓著他衣服痛苦地說，「你沒把我的貪睡模式關掉吧？再響一次我就……」

「起床」兩字還沒說完，她已經睡著了。

許淮頌也迅速不省人事。

兩人再次醒來的時候，粥的香氣已經四溢開來。阮喻睜開眼愣了愣，一下坐起來推許淮頌：「幾點了？」

他醒過來，拿起手錶一看：「七點四十五。」

她飛快下床，跑進浴室洗漱。

「別急。」許淮頌跟著掀開被子，打開房門走到廚房，說了幾句什麼再回來擠進浴室，從背後摟住她，「我去認錯了，說我不小心關掉鬧鐘，妳慢慢來就行。」

阮喻剛抹完洗面乳要沖洗，用手肘推推他：「那你別在這裡妨礙公務啊。」

他在飛機上沒休息好，現在還很睏，瞇著眼把下巴放在她的肩膀上，把半個身體的重量都給了她。

阮喻負重洗臉，彎著腰艱難地沖洗乾淨後，偏頭拿自己沾滿水的臉貼了他一下：「快醒來了。」

蹭了一臉涼水的許淮頌睜開眼，清醒過來，抬手拿了條乾毛巾幫自己擦臉，然後翻了個面去擦她的臉，結果剛碰到她，就被她喊停。

「方向錯了！這樣擦皮膚會鬆弛的！」

許淮頌頓在那裡：「那怎麼擦？」

她比個朝上的動作：「你得輕輕往上推。」

許淮頌只好照做，擦乾她的臉，嘆口氣：「妳也變了。」

阮喻鼓著嘴看他：「我怎麼啦？」

他淡淡看她一眼：「以前這種時候，妳只會說許淮頌，你真好。」

阮喻噗哧一笑，剛要踮腳去親他，忽然聽到房門外傳來許外婆的聲音：「小娘魚，聽什麼呢？」

兩人頓住，然後聽見許懷詩懊悔地說：「外婆妳幹嘛抓我包，我看看我哥起床沒嘛！」

「……」許淮頌咬咬牙，一把打開浴室門出去，「妳每天作業太少了是不是？」

許懷詩抱著腦袋逃離犯罪現場：「媽、媽！我來幫妳盛粥！」

兩人吃過早餐就回去杭市，半路上，阮喻跟許淮頌感慨：「其實我覺得，阿姨也不是完全不關心叔叔了，你這幾天先專心準備考試，之後找機會跟她聊聊吧？」

許淮頌沒有說話。

阮喻瞥瞥他，剛要質疑他不理她，就聽他笑著說：「知道了。」然後過來握她的手。

她擋開他：「好好開車。」

有個比交通警察還嚴格的女朋友，許淮頌只好把手移回方向盤，一路專心開到杭市。但更嚴格的事還在後頭。

回到杭市後，許淮頌開啟緊急備考模式，阮喻把他當成兒子一樣對待，天天用一種「媽媽相信你可以」的眼神盯著他寫題目，燉這個燉那個地幫他補腦。

等到考試那天，她甚至特意穿了一條酒紅色的裙子以表喜慶，親自陪他到考場。

許淮頌無奈歸無奈，卻也察覺到她最近這麼浮誇的原因。

劇本工作暫停了，她雖然看起來不在意，但心裡多少有點沮喪，所以才刻意管他管這麼緊，不分神去想那些廢掉的劇本。

有一次他在休息時，看到她似乎在準備新書的大綱，但不太順利，塗塗改改最後又把稿紙扔掉了。他想，這種感覺大概就像伸懶腰伸到一半被打斷，想再重新伸一個，卻失去了力道。

✐

許淮頌從考場出來已經是傍晚，他一眼看到阮喻在遠處等，正要走過去，忽然被兩個小跑過來的女孩子攔住：「同學！」

兩人看起來年紀都挺小，似乎也是今天的考生。

許淮頌頓住腳步，沒有說話，朝她們露出疑問的目光。

其中一個女孩子吸了口氣，垂著頭朝他遞來一支筆：「你好，我是今天坐在你隔壁的考生，你的筆落在考場了……」

他低頭看一眼：「這不是我的筆。」

「啊……」對方抬起頭，面露窘迫之色，朝身邊的女孩子投去求助的目光。

許淮頌朝她們點一下頭，繞了過去。

另一個女孩子卻壯著膽子追上來：「同學，她剛才其實是想跟你要微信帳號！」

「不好意思，我沒有這個。」

兩人一起愣住，剛垮下臉，忽然看到一個穿著酒紅色裙子的女人朝這邊走來，攔住了他。

她看了她們一眼，笑咪咪地問他：「同學，沒有微信帳號，有沒有車牌號碼啊？」

然後，她們看見這個三秒前還無情拒絕了她們的男人低頭笑了笑，勾著唇角說：「有，上車嗎？」

眼看兩人攜手走遠，兩個女孩子在早秋傍晚的涼風中淩亂地扶住了對方：「原來現在搭訕不是要微信帳號，改要車牌號碼了？」

阮喻氣鼓鼓地上了車：「才幾個小時沒看著你，你就招惹桃花了！」

「我……」許淮頌笑得冤枉，正要哄她，剛開機的手機卻一連收到好幾封簡訊提示。

簡訊顯示在他考試關機期間，許懷詩打了好幾通電話來。

阮喻瞥了一眼他的手機螢幕：「趕緊打回去，沒事應該不會打那麼多通給你。」

他嗯了一聲，回電給許懷詩，剛接通就聽那頭傳來她有意壓低的聲音：『哥，我和媽媽看到新聞了。』

許淮頌皺了一下眉，剛要問什麼新聞，話到嘴邊卻頓住，好像明白了什麼。

一旁的阮喻聽見這句話，趕緊搜尋。

有一條熱門新聞是蘇市法院決定重審江易案的消息，底下附了一支影片，就是那天江易坐在警局門口嚎啕大哭的畫面，還有許淮頌上前安慰他的場景。

大概是當時被路人拍下來，傳給了記者，影片底下滿滿都是唏噓、同情的評論。

雖然兩人的臉都被打了馬賽克，但許懷詩和陶蓉一定一眼認出了許淮頌。

那頭的許懷詩繼續說：『媽已經一句話不講，一整個下午都在整理房子，我跟她說話，她也心不在焉的。』

他嘆口氣：「我有空就回去一趟，妳這兩天多陪陪她，知道嗎？」

『知道了。』許懷詩沉默了片刻，要掛電話前帶著哭腔說，『哥……』

「用不著對不起。」許淮頌打斷她，「除了罪犯和罪犯同夥，這件事沒有人真的有錯。」

許淮頌掛了電話，坐在車上沉默良久。

阮喻也沒顧得上追究他的桃花，拍拍他的手背說：「已成定局的事，誰也沒辦法改變它過去的軌跡，但這條軌跡並不是到此結束。江易要繼續生活，你也要繼續努力。」

許淮頌轉過頭來，她笑了笑繼續說：「江易案水落石出了，但周俊案還沒有。如果所有人都只相信自己的眼睛，那麼我們永遠不知道誰會成為下一個江易，又在哪裡有另一個魏進在沾沾自喜。所以你要像你爸爸一樣，為委託人竭盡全力，繼續戰鬥下去。」

許淮頌點點頭：「那妳會怕嗎？」像他媽媽當時一樣。

阮喻搖搖頭：「我不怕流言蜚語，我會一直陪著你。」

許淮頌笑了笑，忽然聽見手機鈴聲再次響起。

這次是張姊的電話。

他接起來，聽見那頭的張玲驚喜地說：『許律師，剛剛接到法院通知，周俊案裡，被害人那邊的兩位朋友願意出庭作證了！』

他皺了皺眉：「怎麼說？」

『你看電視了嗎？蘇市有一條陳年舊案重審的大新聞，鬧得全城沸沸揚揚，被害人家屬大概是因為這件事而改變了主意。我明天去一趟法院了解詳情。』

許淮頌閉了閉眼，長嘆一口氣說：「好，辛苦了。」

掛斷電話，車裡又是一陣沉默。

過了一會兒，阮喻忽然感慨地笑起來：「淮頌，你相信因果嗎？」

「嗯？」

「我總覺得，這個世界上是存在因果的。你看，你因為調查周俊案發現了江易案的線索，而周俊案又因為江易案的真相大白獲得了轉機。不論怎樣兜兜轉轉，人們在哪裡種下了因，總會在另一個地方收穫相應的果。」

許淮頌揚起嘴角一笑：「那妳想不想聽聽妳的因果？」

她愣了愣：「什麼？」

「前兩天岑先生聯繫了我。」

「嗯？」

他笑著摸了摸她的臉：「魏進落網後，妳的電影出現了資金問題。岑先生知道了這件事，打算收購寰視的部分股權，投資妳的電影，當作對妳當初陷入抄襲事件的補償。」

阮喻嚇得半天沒闔攏嘴：「真的？」

許淮頌點點頭：「本來打算明天去寰視談完具體事項，以後再跟妳講的。」

「可是……」她皺了皺眉，「這個補償太貴重了，我也承受不起啊……」

他輕輕敲一下她的腦門：「他投資電影也是賺錢的，而且賺的比妳多很多。」

阮喻喔了一聲，心想也對，忽然想到什麼，問：「既然有了這層關係，我是不是對這部電影有更大的發言權？」

「妳想的話，我可以去談一份補充合約，幫妳爭取。」

她點點頭：「其他的也沒什麼，就是……」

「嗯？」

「這一系列的陰錯陽差也是多虧了孫妙含，如果我對選角能有發言權，我想問問她，願不願意回來再試一次，我們好好地拍一部乾淨的電影。」

她想把這份因果，也分享給孫妙含。

⁂

第二天，許淮頌帶阮喻去見了岑榮慎，和寰視重新談了補充合約。按照她的意願，指名她參考選角，並在完成劇本後跟組參與拍攝、後期的整個過程。

關於這部電影，原本魏進的意思是原著自帶炒作素材，為免時間過去熱度降低，就儘快趕在年底開拍，所以，包括導演和演員檔期在內的所有準備都做了相應的時間安排。

現在岑榮慎接手了這個「爛攤子」，雖說本意是補償行為，但也不可能無視利益，平白支付高額的違約金，因此要求製作團隊把這一陣子中斷的進度趕上，依然照原計畫開拍。

這樣一來，劇組團隊就陷入了焦頭爛額之中。

阮喻從一個無所事事的閒人被迫化身為工作狂，沒空再顧許淮頌剩下的另一場考試。她成天關在寰視的會議室。白天開會，晚上寫稿，到了睡覺時間沾枕就能不省人事。

許淮頌這個男朋友完全成了擺設，等晚上複習完了躺下，想跟她夜聊幾句，他稍微停頓兩秒，她就只剩下規律深沉的呼吸聲。

第二天一早，他又不忍心說她，只能隻字不提，把她好好地送到寰視，然後自己再去律師事務所。

律師事務所的人很久沒見到阮喻，起初以為是兩人出現了感情問題。

但他們很快就發現，許淮頌中午吃飯時常常一聽到手機振動就立刻拿起來看，深怕漏接了任何通知，當看到只是電信公司傳來的流量使用通知後，又沉著臉把手機放下。

而且，他下班的時間跟當日工作進程、複習情況完全無關，天天都是接到一通什麼電話就拎起西裝外套走人，如狂風掃落葉般不帶停頓。

為此，劉茂後腳巧妙地「闢謠」，在辦公室感慨：「女朋友比自己還忙是怎樣的體驗，看看我們許律師就知道了。」

直到天氣漸漸轉涼，入了深秋，十一月初的一天，阮喻的劇本才終於定下初稿。許淮頌也在此前結束考試，趕赴美國參加計畫中的倒數第二場庭審。

自從兩個月前，他就在籌備接許爸爸回國的事，這一次如果情況順利，打完官司也可以順便把老人家接過來了。

因為他只離開幾天，阮喻就沒跟去，在家好好休養最近被劇本摧殘的身體。養精蓄銳，一個星期後，她跟著陳暉和一名事先安排好的看護一起去機場接機。

正午時分，機場大廳，許淮頌推著坐在輪椅上的許爸爸出來。

阮喻遠遠看見他們，跟陳暉和看護一起迎上去，心裡有點忐忑。

許殷和江易一樣，都是飽經風霜的面龐，外表看起來比本身年齡衰老得多。他正歪著腦袋閉眼睡覺，精神似乎不太好。

她這幾天聽許淮頌說了他爸爸的情況，許殷目前沒有嚴重到威脅生命的併發症，但行動不便，認不得親人，不知冷暖饑飽，情緒非常不穩定，不太習慣跟完全陌生的人接觸。

因此阮喻不敢貿然跟他打招呼，迎上前後，和許淮頌小聲問著他的情況。

他說：「路上挺順利的，但還是要先帶他去醫院住幾天觀察情況，等穩定了再接回家。」

她點點頭，幫他一起推著許爸爸離開機場。從機場到杭市醫院，許殷一直昏昏沉沉地在睡覺。

阮喻覺得奇怪，等把許爸爸安頓好，才知道原來是鎮定劑的作用。

「路上人太雜了，不這樣沒辦法。」許淮頌看著病床上熟睡的人解釋，說完又跟醫生確認了情況，看他暫時不會醒，囑託了看護幾句，帶著阮喻到附近吃午飯。

阮喻跟著他下樓，問：「阿姨和懷詩知道叔叔回來了嗎？」

他點點頭。

「那她們今天會來嗎？」

許淮頌笑了笑：「其實我們家的人都很奇怪，我和我媽悶，我爸和我妹倔。太多年了，她們可能過一陣子才會來。」

阮喻握住他手：「沒關係的，看護的房間都安排好了，這幾天我跟你一起在醫院。」

許淮頌嗯了一聲，忽然聽見手機響起來，是個陌生的美國號碼。

他一手牽著阮喻繼續往外走，一手接通電話。

阮喻見他講了幾句英文，然後皺起了眉頭，沉默很久後說：「Please send me the letters, thank you.」

他說：麻煩幫我把那些信寄來，謝謝。

等他掛斷電話，她問：「什麼信？有臨時工作嗎？」

許淮頌搖搖頭，沉默了一下說：「美國郵政署說，我爸爸在五年前存了三封信在那裡，要他們等他過世後寄到我的手上。但現在他離開了美國，他們不知道這些信還需不需要寄。」

許淮頌和阮喻在醫院接連住了幾天。

許爸爸從兩個月前開始接受轉移環境的治療，因為前期準備充分，所以身體情況比預期的樂觀。除了很少說話，他並沒有對新看護產生太多厭惡心理，在起初三天的不配合後，漸漸適應了她的照顧，偶爾有不聽話的時候，但被許淮頌哄一哄也好了。

只是兩人還不敢掉以輕心，剛好許淮頌時差還沒調回來，就和阮喻一起在旁輪班照顧。

陶蓉準備來杭市的那天，剛好是魏進殺人案在蘇市開庭審理的日子，許淮頌前去旁聽，庭審結束後順便把她接來。

杭市的醫院裡只剩下阮喻和看護吳阿姨。

阮喻起先有點緊張，看許爸爸皺下眉頭、揉揉肚子，有個什麼風吹草動都要跑去問醫生情況，等吃過午飯，見他精神不錯，而許淮頌也快回來了，才稍稍安了心。

看許殷吃過午飯沒有倒頭就睡，吳阿姨打開了病房的電視，調到正在播動畫的兒童頻道。

雖然許爸爸已經看不懂電視，但見到五顏六色的畫面常常樂呵呵地笑。

阮喻拿了個玻璃杯，幫他倒了杯熱水備著，然後坐在病床邊問他：「許叔叔，你要吃點蘋果嗎？我幫你削。」

許殷看她一眼，好像不太理解她的話，但因為心情好，笑呵呵地點了點頭。

阮喻就從果籃裡挑了幾顆蘋果，準備拿去茶水間洗一洗。

吳阿姨趕緊上前：「我來吧。」

她擺擺手：「沒事，我閒著也是閒著。」轉頭看電視上播起了廣告，囑咐說，「妳幫忙轉個台吧。」

「好。」

阮喻端著水果出了門，在茶水間洗乾淨蘋果後，收到了一封訊息。

淮頌：我在樓下停車場了。

她一邊拿著水果往病房走，一邊打字回覆，還沒按下發送，突然聽見啪的一聲，像是玻璃杯打碎的聲音。

緊接著，吳阿姨的驚叫聲響了起來。

阮喻一愣，跑上前推開門，見到剛才還好端端的許殷發起了脾氣，一句話不說，砸了玻璃杯不夠，還在不停地砸枕頭、床單、藥瓶，甚至光著腳下了床。

滿屋子乒乒乓乓的聲音。

吳阿姨在旁邊勸不住，轉頭按了呼叫鈴。

阮喻嚇了一跳，眼看許殷就要踩到地上的碎玻璃，趕緊拉他：「叔叔，你小心玻璃！」然後問吳阿姨，「他這是怎麼了？」

「不知道，我、我只是轉了台，他忽然就……」

阮喻回頭看向電視，一眼看到法院的畫面，似乎是在報導魏進案，她心中有底，一邊拉著許殷的手臂把他往床上拖，一邊說：「叔叔你別怕，案子已經……」

她話說到一半，許殷聽見「案子」兩個字像是著了魔，一把甩開她的手。阮喻被甩得一個踉蹌摔倒，手下意識地撐在地上，玻璃碎片扎入掌心。她顧不上痛，爬起來又去攙扶跌跌撞撞、摔東西的許殷。

值班醫生急急奔來，把許殷扶回床上控制住，回頭朝門外的護理師喊：「小季！」

阮喻鬆了口氣，在一旁拚命喘著。

護理師進來安撫許殷，一轉頭看見阮喻的手，嚇了一大跳：「小姐，妳的手……」

話音剛落，許淮頌和陶蓉趕到了。他們大概是半途看見醫生護理師忙進忙出的狀況，匆匆跑過來。

陶蓉被滿地狼藉嚇得呆在門口。

許淮頌一眼看見阮喻掌心的血，快步上前，一句話都來不及問，抓著她另一隻手就往外走：「護理師，麻煩來處理一下她的傷。」

阮喻還沉浸在剛才的混亂裡沒回過神，被他牽著走了幾步才緩過來，說：「你去看看叔叔，我沒事的……」

他一言不發，帶她往治療室走，拿起她的手看了一眼，額角的青筋都跳起來了。

護理師跟著進了治療室，拿醫療用具來，戴上手套，跟阮喻說：「坐到床上吧，會有點痛，稍微忍一忍，手給我。」

她在床邊坐下，這才後知後覺地感到掌心的刺痛，把手遞出去的同時咬著牙瞥過了眼。

許淮頌站在一旁，把她攬進懷裡。

鑷子夾著碎玻璃往外扯，牽動皮肉，痛得她小力小力地吸氣。

他把她攬得更緊一些，輕輕拍她的後背：「很快就好了。」

五分鐘後，許淮頌看護理師放下鑷子，仔細詢問：「都乾淨了嗎？麻煩妳再檢查一下。」

護理師又確認了一遍，說：「放心，都取乾淨了，接下來要消毒，再忍一下。」

阮喻點點頭，臉頰緊緊貼著許淮頌的腰，上藥水的瞬間還是渾身發抖，一下溢出眼淚。

許淮頌沉默了一下，把自己的手伸到她的嘴邊：「痛就咬我。」

她搖搖頭，忍痛說笑：「那你還要去打疫苗呢。」

「被小白兔咬了需要注射疫苗嗎，護理師？」

護理師笑起來，幫他哄阮喻：「兔子是齧齒類動物，被咬了通常不用接種狂犬病疫苗。倒是我閃光看多了，得去掛眼科。」

許淮頌笑著說：「那掛號費我們付。」

阮喻被兩人逗笑，再記起痛的時候，紗布已經裹好了。

護理師收起工具，叮囑了兩人換藥時間、吃食忌口之類的事後，推著車出去。

許淮頌在床邊坐下，低頭捧起她的手，小心地避開她的傷口撫了撫，抬起眼說：「對不起。」

「是我要說對不起，沒照顧好叔叔……剛才叔叔在電視上看到了魏進的案子……」

許淮頌點點頭：「沒事，這種情況常有，是新看護經驗不足，在美國通常馬上就能安撫好他。」

「你不去看看他嗎？」

他搖搖頭：「醫生在，我媽也正好需要一個這樣的契機，讓他們單獨相處一下，有事會叫我們的。」

阮喻恍然大悟：「你對你媽也要心機啊。」

許淮頌笑容很淡，沒正面作答，看起來還是在心疼她：「還疼嗎？」

她搖搖頭：「還好。」

「辛苦妳了。」

「什麼辛不辛苦的，你的家人也是我的家人啊。」

許淮頌目光微微閃爍，沉默了一會兒，嗯了一聲，親了一下她的額頭。

第十八章　火樹銀花再牽手

兩人回到病房的時候，滿地狼藉已經被收拾乾淨。

許爸爸在睡覺，陶蓉坐在病床邊看著他，抬頭看見阮喻，面露歉意，小聲跟許淮頌說：

「要不然你帶喻喻回家休息吧，這裡有我呢。」

許淮頌沉默下來。

陶蓉尷尬地笑了一下：「你放心吧，我會問醫生和看護要怎麼照顧你爸爸的。」

許淮頌點點頭，帶阮喻回了公寓。

路過公寓樓下的信箱時，兩人拿鑰匙開鎖，取出了三封信，是美國寄來的，今天剛到。

阮喻掃了一眼，發現雖然三封信都是寄給許淮頌，但信封角落卻標明了不同的收件人。

其他兩封分別是給許懷詩和陶蓉的。

進家門後，許淮頌把她攬進臥室，叫她躺下休息一下，自己轉頭到了客廳坐下，拆開了許爸爸給他的那封信。

信上是許殷的字跡，不過有點潦草，落筆顯得飄忽，看來寫這封信的時候，身體狀態並不好。

首行就是：兒子，當你讀到這封信的時候，爸爸可能已經不在人世了。

雖然有了心理準備，許淮頌還是被這個開頭震了震，一頓過後才繼續往下看。

爸爸在初來美國的時候，就被診斷出嚴重的腦血管疾病，因為一直沒和你說，你可能會覺得爸爸的離開很突然。

但事實上，我這三年先後進過兩次急診，寫這封信時也剛從鬼門關回來不久，所以我心裡早有準備，你不必替我惋惜，也不必因為此前毫不知情而感到自責，因為這是爸爸故意瞞著你的。

我不想說，你又怎麼能得知呢？就像三年前，我和你媽媽講，我已經厭倦了她，也厭倦了這個家時，她一樣不會知道，我在說謊。

爸爸這個人啊，實在太倔了，所以當十八歲的你，質問我到底知不知道委託人有沒有殺人時，我什麼都沒有說。我不說，是因為我知道，即使我說了，你也未必真的理解。而選擇成為一名律師的你，遲早有一天會自己找到這個問題的答案。

但話說回來，爸爸其實並不希望你成為律師。或者至少，不要成為刑事律師。身為一名刑事律師的我，無比期待越來越多年輕人走上這條路，熱愛它、信仰它，為它付諸心血，讓它的存在變得熠熠生光。可身為一位父親的我，卻不願自己的兒子為它痛苦，為它受人指謫，為它遭遇世人的白眼，變得像我一樣。

所以，在你猶豫專攻領域時，爸爸做了一件不應該的事。我與你的老師私下溝通，讓他勸說你，干涉了你的選擇，希望你別因此責怪爸爸。

但如果你真的有所怨恨，就按照自己的心意重新選擇一次吧，因為這終歸是你的人生。爸爸只想告訴你，不管你最後成為哪個領域的律師，取得了怎樣的成績，你都是爸爸心中最大的驕傲。雖然很遺憾，爸爸已經看不到了。

信到這裡戛然而止。許淮頌的視線漸漸模糊不清，等摘下沾了水珠的眼鏡，忽然聽見身後輕微的腳步聲。

阮喻不知什麼時候走出了房間，似乎在後面靜靜看了他很久。

他回過眼，低咳一聲，表情有點不自然。

她走過去，把他抱進懷裡，並沒有問他信上到底寫了什麼，只是說：「明天會很好的，會很好很好的。」

是。

差點失去的，一轉眼還在身邊，這不是一封真正的絕筆信，不是最後的結局，那麼明天一定會很好很好的。

另外兩封信，被原原本本地交到了陶蓉和許懷詩的手裡。

半個月後，成績出爐，許淮頌順利通過，而許殷的情況也穩定下來，辦理了出院手續。

阮喻原先打算把他接到公寓，但許淮頌看她手傷還沒好不忍心，加上公寓的空間也不夠大，所以在陶蓉主動提出要照顧許殷時答應下來，把他送回了蘇市的家。

回去的那天剛好是魏進案宣判的日子，許家人隔絕了所有的新聞，拔掉電視電源插頭，丟了日報、晚報，不讓許爸爸嗅到一絲風聲。

大中午的，許懷詩在爸爸身邊念他似懂非懂的童話故事，陶蓉在廚房忙前忙後，許淮頌原本在旁邊團團轉，但被陶蓉接連趕了幾次，才離開了這個他並不擅長的領域，去了陽臺。

阮喻因為手傷在那裡休息，陪許外婆一起曬太陽。

他過去的時候，剛好聽見外婆掩著嘴小聲地說：「淮頌這孩子，還沒去見妳爸媽嗎？」一副生怕自己外孫不夠用心，耽誤阮喻這種好女孩的模樣。

阮喻剛要解釋，許淮頌先無奈一笑，上前說：「外婆，您別冤枉我了，我要去，是她不讓我去。」

許外婆的眼珠滴溜溜地一轉，看向阮喻。

她笑著舉起還在結痂的手：「外婆，我是想等手好一點再去，不然我爸媽又要操心了。」

許外婆恍然大悟，笑咪咪地說：「你們有打算就好。那淮頌之後還去不去美國？」

「月底還有最後一場庭審，結束後沒有特殊情況就不會去了。」

許外婆眼底亮光一閃，好像聽出什麼言外之意來。

阮喻愣了愣，沒反應過來。

許淮頌低頭笑了笑，跟她說：「來洗手，準備吃飯了。」

她點點頭跟他到了浴室。

許淮頌這陣子包了所有沾水的家事，連洗手都由他舉著棉花棒，小心翼翼避著傷口幫她擦拭。

阮喻低頭看著他的動作，說：「都結痂了，已經沒關係了。」

許淮頌像沒聽見似的伺候著她，結束後，反手關上浴室的門，低頭打開手機。

她朝他比嘴型：審判結果出了？

許淮頌點點頭，打開一份電子版的判決書。

阮喻湊過去看，發現判的是死刑緩刑。

看她皺眉不解，許淮頌用氣音低低解釋：「一審能這麼快判決是迫於社會輿論的壓力，但他背後還有個沒查清楚的涉毒案，這個死刑緩刑，也是給他一個配合警方拿下整個販毒組織的機會。」

她點點頭，看他似乎覺得意料之中，也就沒再多問，小聲地說：「周俊的事呢，怎麼樣了？」

「半個月後開庭。」

「張姊有多少把握？」

他笑著摸摸她的腦袋：「不提把握，只要盡力。」

兩人在蘇市住了一晚，看許爸爸的情緒基本上很穩定就回了杭市。

接連半個月，許淮頌一邊準備在美國的最後一場庭審，一邊跟進周俊案，臨要開庭的前一天晚上，他跟張姊一起在律師事務所做最後的確認，到家已經十點多。

阮喻第二天一早要去寰視開會，準備不久後的電影開拍儀式，所以早早睡了。當她迷迷糊糊地醒來的時候，發現許淮頌進了房間，正坐在床邊握著她受傷的那隻手。

她一愣，問：「回來了啊。」

許淮頌嗯了一聲，把她額前的碎髮撥開一些：「吵醒妳了，妳繼續睡，我去洗澡。」說完關掉了剛才打開的床頭燈。

阮喻點點頭，捂著嘴打了個哈欠，後知後覺地意識到，剛才醒來的一剎那，左手無名指癢癢的，好像被什麼細繩套住了一樣。

但她低頭看了看自己的手，卻發現上面並沒有什麼痕跡。

睏意來襲，阮喻很快再次入夢，一覺醒來，就看到許淮頌已經早早起床，穿好了襯衫。

她回過神，從床上爬起來：「今天我幫你打領帶。」

許淮頌停下動作，笑了笑：「我又不上辯護席。」

她用一種「兒子第一天上學，媽媽當然要幫你穿得漂漂亮亮」的架勢下了床：「那也是你第一天以實習律師的身分走進法院。」說著踮起腳，專心幫他打領帶。

許淮頌垂眼看著她熟練的動作，問：「什麼時候學的？」

「你在律師事務所的時候。」

他眉梢微微一揚：「那是誰讓妳當練習對象？」

大功告成，阮喻指指他的身後：「還能是誰，衣帽架啊。」

他低頭笑笑：「好了，去刷牙洗臉。」

她點點頭，轉頭進了浴室，吃過早餐後，被他送到寰視，照慣例到七樓開會。

進電梯時，她碰見很久不見的孫妙含。

孫妙含在一個月前被定為電影的女主角。除了阮喻這層面子，主要還是本身氣質形象貼近原著的緣故。

兩人之前就電話聯繫過，只是一直沒碰到面，這次偶遇，孫妙含一陣驚喜：「姊姊，我跟妳的緣分真的每次都在電梯裡呢！」

她下意識地脫口而出這句話，說完臉色一變，顯然是魏進當初帶給她的陰影還沒完全消退。

阮喻拍拍她的肩：「都過去了，這次的電影我會全程跟組，保證不會再有那種事。」

她點點頭：「姊姊，妳真是我命裡的貴人。」

阮喻笑笑：「妳今天來寰視做什麼？」

「岑董叫我來的，說請我和識燦哥一起吃個飯，叫我們盡早熟絡熟絡，開拍後也順利一點。」

她話音剛落，電梯叮的一響停在七樓。

阮喻跟她揮揮手，出了電梯。

今天為了遷就許淮頌的庭審時間，她來得格外地早，到會議室的時候，裡面只有寥寥幾人正在八卦閒聊，一進去就聽一個女孩子激動地說：「那張學友豈不是後繼有人了啊！」

阮喻笑問：「哪裡又出天王啦？」

「妳沒看新聞啊，喻喻？是我們的男主角。」

李識燦？

她愣了愣：「他拿了什麼獎嗎？」

「不是拿獎，是繼張學友演唱會『十連殺』逃犯之後，昨天李識燦在滬市開演唱會的時候也逮到了一個，聽說還是個流竄殺人犯，這是我們開拍儀式前的好彩頭啊！」

幾人閒聊著，等與會人員陸陸續續來齊，開始了會議，等散場已經是傍晚了。

臨近冬至，十二月的白天尤其短，阮喻不過在寰視門口等了五分鐘，天就幾乎全暗了。

因為碰上尖峰時刻，許淮頌來遲了片刻，以至於她上車時，手已經被冷風吹得通紅。

一關上車門，阮喻就對暖氣搓起手來：「今天庭審怎麼樣？」

「還算順利。」許淮頌沒有立刻發動車子，調了暖氣風向，捧起她的手輕輕揉，揉了一下低頭朝她掌心呵氣，垂眼見她掌心的那些痂褪得差不多了，想了想問：「過完冬至我就要飛美國了，要哪天去看老師？」

「你爸媽呢？過節不回去一趟嗎？」

「中午蘇市，晚上杭市。」

「那你開車多累，等你從美國回來再去我家也不遲，急什麼啊？」

許淮頌笑起來：「哪有過節不上門的道理？妳別害我負分出局了。」

「冬至也沒那麼要緊，倒是元旦快到了……」她嘀咕一句，「你這次去美國什麼時候回來？」

「趕不及元旦。」

阮喻的臉瞬間垮下來：「那就不能一起跨年了……」

他笑著看她：「西元年有什麼好跨的，農曆一起就行了。」

阮喻張張嘴，想說不是她崇洋媚外，而是西元年的元旦夜對他們有特殊意義，但是看許淮頌一副絲毫不在意的樣子，又把話咽了回去。

算了，還是不要指望男人懂這種浪漫了。

三天後就是冬至。

許淮頌把計畫安排得井井有條，一早先帶阮喻回蘇市，等祭過祖，一家人吃了團圓飯，喝了下午茶，又驅車返回杭市。

開到郊區附近已經下午四點，夕陽染上山道，在前路鋪了一層淡淡的黃暈。

阮喻突然想起周俊。他和女朋友就是在從蘇市市區到杭市郊區的這條路上出了事。

許淮頌看看她，隨口問：「晚上吃什麼？」

「我媽聽說我們中午吃了家常菜，就準備了火鍋。」她偏頭看看他，「許同學，要見班導師了，緊不緊張，害不害怕？」

許淮頌笑了一下：「怕。」

阮喻剛想安慰安慰他，就聽他接了下一句：「吃火鍋就得不停幫妳煮肉，我怕吃不飽。」

「……」

感情真的變質了，阮喻淒涼地想。

許淮頌剛想說開玩笑的，忽然遠遠看見前路封了一半，路邊的草叢圍了幾名警察，有人在拿鐵鍬鏟地。

他迅速收斂笑意，皺了皺眉。

阮喻也注意到了，正好奇這是在幹什麼，就見到一名戴著手套的警察從深坑裡拿起了一樣東西。

那是一節沾滿泥土，腐爛得變了形的……手臂？

阮喻倒抽一口冷氣。

許淮頌伸手過來捂住她的眼，加速開過去。

但或許是這個加速的舉動引起了警方的注意，車子接近黃色帶子圍起的現場時，被一名戴著證件的警察攔下：「先生、小姐，不好意思，麻煩你們出示一下身分證。」

他摸了一下阮喻的腦袋，示意她低著頭別往窗外看，把證件遞出去後，見到這警察一臉驚訝：「這麼巧，許律師？」

許淮頌點點頭：「您認識我？」

他開始笑：「您協助警方緝拿犯罪嫌疑犯的事，在我們警界傳得沸沸揚揚的。還有您之前喝醉酒，敲了錦江城十幾戶302的門，那件事在我們局裡也挺出名的。」

「……」

阮喻猛地抬起頭，愣愣地看向許淮頌。

他低咳一聲掩飾：「喔，你們這是在辦案？」

「對，滬市那邊前幾天在一場演唱會上抓到一個逃逸半年的嫌疑犯，要我們這裡配合調查，所以我們才大過節的在荒郊野嶺挖屍。」他倒完苦水，朝許淮頌抱歉點頭，「不好意思許律師，您可以過去了。」

許淮頌這下卻沒有動：「你是說，那名嫌疑犯在半年前，在這裡埋了屍？」

「對，是慣犯了，分屍以後到處埋，這裡也就找到半節手臂。」

「方便的話，我想問問嫌疑犯埋這節手臂的具體時間。」

「這個……細節問題我們不好透露……」

許淮頌點點頭：「那你只要告訴我，是不是端午節？」

他眼底閃過一抹異色：「許律師怎麼知道？」

阮喻也驚訝地抬起了頭。端午節，那不就是周俊出事的那天？

許淮頌嚴肅起來：「我想……有樁案子也許得麻煩你們重新查查了。」

✓

從現場離開，天色已經有些暗了。

阮喻好半天才從這個插曲裡緩過神，問：「真的會跟周俊案有關係嗎？」

許淮頌搖搖頭：「不清楚，但我和張姊確實有過這樣的推測：假設周俊不是真凶，那麼證據被處理得很乾淨，說明真凶多半是慣犯，而慣犯再行凶，很可能是為了掩蓋前一樁犯罪事實。只是當時我們調查了那陣子發生在杭市的刑事案，並沒有發現比較吻合的，所以放棄了這種推測。」

結果，現在冒出一件滬市的刑事案。

「你的意思是，被害人也許是因為意外發現凶手在埋屍，才被滅口的？」

「不排除這種可能。」

「但埋屍地點跟被害人的死亡地點只是在同一條路上，不是同一處。」

「推測成立的話，凶手再一次行凶後，匆匆處理了現場，然後換了一個地方重新埋屍，這樣才合理。如果是同一處，警方勘查現場時就會發現真相。」

阮喻點點頭，想通後打了個冷顫，摸了摸手臂上的雞皮疙瘩。

許淮頌一手握方向盤，一手抓了她的手裹在掌心：「別多想，都交給警察。」

車子開出山路，到了阮家，見到歡歡喜喜出來迎接的阮爸阮媽，兩人很有默契地沒提這件事，但吃火鍋涮肉的時候，阮喻還是感到一些不適。

曲蘭看她不怎麼動筷，皺皺眉說：「喻喻怎麼了，沒胃口嗎？」

她低低啊了一聲，不想讓爸媽操心周俊的事，搖搖頭：「在淮頌家吃多了下午茶，還不太餓。」

許淮頌卻猜到了究竟，移開她面前兩盤鮮紅的肉，幫她涮了幾株青菜，夾到她的碗裡。

得到他的體貼關照，阮喻朝他眨眨眼。

阮成儒見狀，也跟曲蘭使了個眼色：這兩個孩子是不是有什麼事瞞著我們？

曲蘭：好像是……

阮成儒開始暗暗琢磨，不動聲色地跟許淮頌話家常，關心他家裡的情況、爸媽的身體、妹妹的成績。

一輪家常下來，桌上的菜都沒怎麼動。

曲蘭推推他：「哎呀，你也真是的，光顧著跟淮頌聊天，看他都沒時間動筷了，快幫孩子涮盤牛肉。」

阮成儒連喔了兩聲，端起肉下進火鍋。

阮喻一抬頭看見這一幕，想起傍晚看到的那節手臂，胃腹翻騰，忍了忍沒忍住，偏過頭捂著嘴乾嘔了一下。

許淮頌趕緊去拍她的背：「要不要去洗手間？」說完一抬眼，見到阮成儒和曲蘭一起把眼睛瞪得像核桃一樣大，正以一種僵硬、詫異、質疑的姿態看著他。

他愣住。

阮喻難受著，沒多注意爸媽的反應，起身說：「嗯。」

許淮頌回過神，和兩位老師打了聲招呼，跟著她進了洗手間，關上門。

阮喻一手撫著胃，一手撐著洗手檯，嘔了幾下沒嘔出什麼來，苦著臉小聲說：「我一看見那個紅豔豔的生肉就聯想到……」

許淮頌開了水龍頭幫她洗臉，無奈地說：「妳的想像力真是……」說到一半又頓住，「好了，我回去就把肉全吃了，不讓妳看見，行了吧？」

阮喻癟著嘴點點頭，看他像想起什麼似的問：「不過妳爸媽剛才為什麼用那種眼神看我？」

「我沒注意，哪種眼神？」

「就是一種……」他皺眉回想了一下，「『你這禽獸對我女兒做了什麼』的眼神。」

話音落下，兩人一起反應過來。

喔，糟糕，誤會大了。

兩人大眼瞪小眼半天，一個摸摸鼻子抬頭望天花板，一個眉頭深鎖垂眼看地瓷磚。

最後，許淮頌遲疑地移開了洗手間的門。

阮喻躲在他的身後探出半個腦袋往外望，一眼看見爸媽正在頭碰頭地激烈商討著什麼，聽到這邊的動靜，兩人像觸電一樣迅速分開，若無其事地涮起火鍋，還回過頭朝他們和藹可親地微笑了一下。

那種老師抓到學生偷偷談戀愛，又不願把話講得太直白，怕傷到孩子面子時露出的，循循善誘的笑容。

許淮頌低咳一聲。

阮喻跟在他身後慢吞吞地回座，朝他們乾笑：「沒事了，今天車子坐太久，有點暈……」

許淮頌上半身不動，鞋尖一移碰她一下，打住她這段聽起來非常欲蓋彌彰的解釋。

阮喻憋著一股氣看他：凶什麼？

許淮頌剛要使個眼色回去，忽然看見對面的阮成儒腰一彎，從桌底下拎起一瓶老白乾，啪的一下放在桌上。

「……」

阮喻被這彷彿要幹架的氣勢一嚇：「爸你……」

「妳吃妳的飯。」阮成儒的一個眼神掃過來，打斷了她，接著看向許淮頌，語重心長地說，「淮頌啊，來，陪老師喝幾杯。」

許淮頌正襟微笑，點點頭，拿起杯子倒酒。

阮喻咽了咽口水：「爸，你看他的胃……」她說到一半急剎車，胳膊趕緊朝裡彎回來，「……為什麼倒個酒也那麼慢啊，我來我來。」說完，抽走許淮頌手裡的酒杯，小氣巴巴地斟到三分之一的位置。

許淮頌看看她，握拳掩嘴笑了一下，抬頭見到阮成儒一臉嚴肅，又收斂了笑意，把倒好的酒杯遞給他，說：「老師。」

阮喻還想再掙扎一下：「等等，你這一口下去，會酒駕吧？」

阮成儒代答：「樓上有空房間。」

「酒精濃度那麼高，明早起來可能也……」

曲蘭清清嗓子，對她使個眼色：「來，妳跟媽到樓上整理房間。」

阮喻喔了一聲，慢慢站起來，臨走時忍痛看了看許淮頌，眼底情深義重的兩個字：保重。

許淮頌跟阮成儒杯碰杯，眼睛眨也不眨地一杯老白乾下肚，臉色不變。

阮成儒看了一眼樓梯的方向，忽然沒頭沒尾地說：「淮頌啊，聽說你跟小劉是同事，那你知不知道，老師一開始為什麼把小劉介紹給喻喻？」

許淮頌腦子轉得飛快，想起何校長生日宴上，阮喻和自己說過的話——

「那你知道，我爸喜歡劉律師什麼嗎？」

「因為他是律師？」

「因為他為人忠厚老實，心眼好，花頭少，不浮誇，不會欺負人，行動勝於言語。」

他把這番話原封不動地背了一遍。

阮成儒似乎愣了愣，搖搖頭示意不是：「因為他是律師。」

「……」

阮成儒奇怪地看看他：「怎麼了？」

他搖頭：「沒，您繼續說，為什麼是律師？」

「因為喻喻當時剛好需要律師的幫忙。」

「您是指？」

「她在網路上被攻擊的那件事。」阮成儒笑起來，「她啊，以為自己瞞我和她媽媽瞞得多年，其實我們幾年前就知道她的筆名，一直偷偷關注著她。只是她怕我們看到那些不好的事，所以不肯說，我們也就裝作不知道。」

許淮頌愣住。

「女兒長大了，懂得體恤父母了，有什麼難處也不跟我們講了。那怎麼辦？只好找個人替我們照顧她、保護她，為她遮風擋雨，再苦再難的事，眼睛眨也不眨。」他說到這裡，指了指他面前的空杯子。

許淮頌沉默著點了點頭。

阮成儒又岔開去問：「再來一杯？」

許淮頌抬手去倒酒，倒完後剛要舉杯，卻聽他說：「喻喻說你胃不好。」

「嗯。」

「既然這樣，就要量力而為，」阮成儒又指了指他手裡的老白乾，「遮風擋雨，靠的不是孤勇，不是逞能，首先要保護好自己，才能照顧好她。」

許淮頌放下酒杯：「老師說的是。」

阮成儒把他面前的杯子拿走，換了個新的，端起水壺親自倒了滿杯的溫水：「喝這個吧。」

許淮頌喝下半杯，又聽他問：「這水的味道就淡了吧？」

「是。」

「淡了，所以很多人跟你一樣，喝到一半就算了。但我們過的日子，哪像老白乾一樣那麼轟轟烈烈？多數時候，它就跟水一樣淡。禁得起轟轟烈烈沒什麼了不起，你要禁得起平平淡淡，那才好。」

許淮頌明白了他的意思，把剩下半杯溫水喝下去。

阮成儒笑了笑：「好了，知根知底的學生，我對你很放心，上樓去吧。」

許淮頌朝他點頭：「謝謝老師今天的這堂課。」

「想謝，就別叫我老師了。」

他笑起來：「我會儘快。」

當樓下的阮成儒和和氣氣地對許淮頌灌輸「心靈雞湯」的時候，阮喻正鋪著床單發愁：「媽，您跟爸可別想歪了，我們有分寸的……」

曲蘭瞪她一眼：「知道，妳有幾斤幾兩，動個眉毛吸個鼻子是什麼意思，我們還能不知道？」

剛開始他們的確嚇了一跳，等看過阮喻從洗手間出來的反應，她和阮成儒就知道自己想歪了。

阮喻苦著臉嘟囔：「那爸怎麼還找他喝酒呢？」

曲蘭瞥瞥她，整理著被單說：「擔心喝兩口酒就能把妳們的事情搞砸？除非他在底下發酒瘋，要不然會怎麼樣嗎？」

「發酒瘋當然不可……」

她說到一半頓住，突然覺得哪裡不對。

傍晚那個警察說了什麼？她當時的注意力被案子吸引，似乎忽略了什麼關鍵的資訊。

她望著頭上的大燈開始回想，慢慢睜大了眼睛。

錦江城十幾戶302的門是許淮頌敲的？那個深夜擾民，造成群眾恐慌的醉漢，竟然是許淮頌？

這個人的酒品怎麼這樣？

阮喻驚疑不定，半晌後倒抽了口氣，急忙跑出去，剛過轉角就跟什麼人撞了個滿懷。

許淮頌愣了愣，扶住她的肩：「怎麼了？」

阮喻的手摸上他的臉：「你沒醉？」

「沒有。」他好笑地說，「我又不是不會喝酒。」

「你會喝，也會發酒瘋啊！」她說到這裡眉頭一皺，「唉這件事好丟臉，我竟然到現在才知道，也沒跟左鄰右舍道個歉……」

許淮頌一傻。

阮喻再次摸上他的臉：「真的沒事？」

他嘆口氣：「沒有，沒給妳丟臉。」

「喝了多少？」

「就妳倒的那半杯不到。」

「那麼一點喝了這麼久？」

他笑起來：「因為其他時間都在喝雞湯。」

「我爸今天還煮雞湯了？怎麼沒端出來給我喝呢。」

許淮頌輕輕刮了一下她的鼻尖：「那是專門煮給我喝的。」

兩人在郊區的阮家住了一晚，第二天一早，許淮頌飛回美國處理工作，阮喻去了寰視。

電影劇本、備案正式通過，岑榮慎大手一揮，說趕在年前拍攝，定在西元年的最後一天開機，第一場戲到蘇市一中取景，圖個年節好彩頭，就拍元旦跨年煙火的那一幕。

三十一號清早，寰視派車來接阮喻去參加開拍儀式，上午拜天拜地結束，吃過午飯後，劇組人員前往蘇市。

阮喻忙得暈頭轉向，上車後才有空看手機，正想問問許淮頌睡了沒，就看到他四個小時前傳來的訊息：昨晚沒怎麼睡，提早休息了，定了十二個小時後的鬧鐘，會陪妳跨年的。

四個小時前舊金山還不到晚上七點。這個時間睡覺，簡直不像許淮頌。但他好歹還記得跨年這件事，阮喻也沒多在意，在後座閉目養神，剛要沉沉睡去，包包裡的手機卻振動起來。

她低頭一看，發現來電顯示聯絡人是周俊，她整個嚇醒了。

接通電話後，阮喻聽見那頭傳來一個有點沙啞的聲音：『阮喻嗎？我是周俊。』

她愣了愣：「你能用自己的手機打電話了嗎？」

『嗯，我今天……出來了。』

她瞬間啞然，鼻端一陣酸楚：「太好了。」

阮喻說完沒了下文，那頭周俊笑了笑，也沉默下來。

半天後，兩人幾乎同時開口。

「案子破……」

『對不……』

後面那句是周俊說的。

他的聲音聽起來非常疲憊，沉默了一下說：『妳先說吧。』

「我是想問，案子破了嗎？」

『破了，不然我還得再等一陣子。』

阮喻也就沒有刨根究底問明真凶，戳他的痛處。案子能在這個節骨眼水落石出，多半就跟冬至的那個發現有關。

她心底一時感慨萬千，過了一會兒，聽見周俊說：『之前的事，一直沒機會親口跟妳說對不起。』

「沒關係的，你先休息一陣子，等淮頌從美國回來，我們一起吃個飯聊聊。」

『他在美國嗎？』

「對。」

『我剛才打他美國的號碼，轉接到語音信箱，還以為他在國內。』

阮喻愣了愣：「可能是手機沒電了吧，他在睡覺。」

『那我晚點再聯繫他。』

「好。」

兩人的對話蒼白又貧乏。半年時間，好像什麼都變了。

第三次陷入沉默的時候，周俊主動掛了電話，阮喻卻想起了他剛才的話。

美國為保護用戶隱私，不會提示對方究竟是為什麼接不到電話，統一轉接到語音信箱。手機沒電當然是其中一種情況，但不在服務區或者沒聽到也有可能。

畢竟許淮頌那麼細心的人，沒道理定鬧鐘的時候不檢查電量。

疑惑和不安沖淡了剛才面對周俊時的百感交集，阮喻拿起手機，撥了跨洋電話。

那頭傳來了事先錄好的人聲：『This is Hanson, I'm currently not available, please leave me a message, I will call you back as soon as I can.』

掛了電話，阮喻皺了皺眉，打開許淮頌的微信對話視窗，來回滑了幾下，然後放下手機，過了一會兒又重新拿起來。

到底是單純沒電，還是別的原因？

許淮頌是有過勞史的人，這次到美國的前幾天多半就因為時差沒休息好，昨晚通宵，今天又接連忙了一天的庭審，身體會不會出什麼問題？

要不然怎麼會六點多就睡了呢？

但她離許淮頌那麼遠，又不認識他身邊的朋友，怎樣才能確認他的平安？

阮喻捏著手機反覆翻看，指尖忽然在呂勝藍的微信對話視窗上頓住。

強烈的不安讓她失去了躊躇的餘裕，她打出一行字：呂小姐，不好意思，深夜冒昧打擾，我聯繫不上淮頌，有點擔心他。不知道妳方不方便幫我問問他的室友，他身體狀況還好嗎？

車窗外的路景急速倒退著，阮喻按下發送鍵。

但呂勝藍平常大概不用微信，所以一時沒有回覆。

車子下了高速公路，駛入蘇市內。一直開到一中校門口，阮喻才收到她的訊息：稍等，我聯繫看看。

她輕輕呼出一口氣，下了車，一眼就看見許懷詩站在校門口朝她揮手：「姊姊！」

阮喻愣了愣，跟幾個編劇打了聲招呼，然後上前去：「大冷天的，妳怎麼在這裡？」

「當然是等妳啦！」

阮喻朝她笑笑，又低頭去看手機。

「在看什麼呢，姊姊？」

「聯繫不上妳哥，不太放心。」

「嗯？什麼時候開始聯繫不上的？」

「大概一個多小時前，有人打他電話轉接到語音信箱。」

「咦，但我兩個小時前還跟他通過電話呢。」

阮喻一愣，那應該是周俊聯繫許淮頌不久之前。

她問：「他人沒事？」

許懷詩低低哼一聲：「沒事啊，就是聽起來很睏，被我吵醒了，脾氣很大，說他手機快沒電了，叫我快掛。」

阮喻鬆了口氣，她真是關心則亂了。

她正打算傳個訊息，叫呂勝藍不用聯繫了，就看她傳來訊息：問過了，他室友說他在房間睡覺，要幫妳叫醒他嗎？

阮喻趕緊回：不用了，讓他好好睡吧，麻煩妳了。

心裡的石頭落了地，她輕鬆起來，轉頭看向許懷詩及膝的制服裙：「穿這麼少不冷啊？」

「這不是劇組要來取景，實拍學校的元旦煙火大會嘛！我們下午都沒課了，我和班上同學一起報名了晚上的群演，當然要穿得好看一點了。」

「上千人的操場，又是大半夜的，煙火一炸一團亂，誰還認得出誰？」

「那姊姊妳八年前為什麼要在煙火會上穿短裙呢？」

阮喻無語，這就是感情史每個細節都公之於眾的悲哀。

她嘆口氣：「早知道就算我裹成熊妳哥也會喜歡我，我才不會傻愣愣地受凍呢。」

兩人一路聊，一路往裡面走。

許懷詩興致勃勃地說：「姊姊，妳現在就要去操場了嗎？」

阮喻點點頭。

「那不是要一直凍到晚上嗎？我哥可要心疼死了。」

「工作嘛，我貼了暖暖包，沒事的。」

「演員都還沒到，現在工作人員還在搭景，妳去了也是乾坐著，不如跟我去逛逛，晚上我約了幾個同學一起過節，請妳吃燒烤！」

阮喻搖搖頭：「妳跟同學去就好了。我們導演在業界是有名的凶神惡煞，第一天就跟他請假不太好。」

許懷詩滿臉失落：「可是我都跟大家誇下海口，說劇組裡有我准嫂子了……」

她被「准嫂子」喊出一種責任感與使命感來，沉默了一下說：「那我問問吧。」

阮喻轉頭打了個電話給導演，還沒來得及說完意圖，就聽到那頭的男人笑著說：『曖，妳這麼早就來了啊，可能是我忘了通知，妳晚上十點前到就行了。』

「那我現在……」

『這麼冷就別來操場受凍了，等演員們來了再通知妳。』

阮喻掛斷電話，看許懷詩一臉期待：「怎麼樣，導演好不好說話？」

她愣愣地點點頭。

什麼金牌導演，什麼凶神惡煞，明明溫柔得像她爸爸。

傍晚，阮喻和許懷詩與一批參加群演的學生去了附近的一家燒烤店。

簡單樸素的裝潢反而洋溢著熱烈的氣氛，燒烤、碳酸飲料、七嘴八舌的學生、幼稚的真心話大冒險，這些要素都加在一起，填補了沒有許淮頌在身邊的空白，讓她真的有了過節的實感。

阮喻跟著他們吵吵嚷嚷地鬧到晚上九點，收到了許淮頌的訊息：我醒了，在做什麼？

她徹底放下心來，跟身邊的許懷詩說了一聲，然後起身離座，到燒烤店外面撥了語音通話給他。

通話秒被接通，她在冷風中打顫，臉上卻掛著笑：「我跟懷詩他們在一起吃燒烤呢，年輕真好，想回十七歲了。」

許淮頌低低笑著，聲音有點睡醒不久的微啞：『十七歲有什麼好的，都不到法定年齡。』

阮喻一愣，剛要問他什麼法定年齡，就聽他說：『老白乾也喝不了。』

「……」他還喝上癮了。

沉默間，電話裡響起一陣嗚笛聲。

阮喻驚訝問：「你在外面啊？」

『嗯，開車出來吃早餐。』

「那還接我語音，你好好開車，晚點再說。」

『好。』

掛斷語音，阮喻看了一眼時間，叫上學生們一起回了學校。

操場已經布置好了，四面燈火通明，幾台龐大的攝影機立在綠茵場上，群演坐在看臺待命，臺下的劇組工作人員忙碌地奔來跑去。

阮喻跟許懷詩分開後，和導演打了個招呼，走到演員棚下，看見李識燦和孫妙含穿著蘇市一中的校服，正拿著劇本對戲。

她在他們的對面坐下，剛搓了搓手，就見到李識燦遞來一個熱水袋：「多的，給妳。」

她道聲謝，順口問：「對戲對得怎麼樣了？」

孫妙含拍拍胸口：「沒問題！」

李識燦也點點頭：「可以了。」

阮喻看他們這自信過頭的樣子，似乎不是特別放心，叮囑一番：「你們別看這場戲只有男主角那句六個字的臺詞，其實裡面包含的感情是整部電影裡最豐沛的，就像噴泉泵壓到極致，又在爆發的邊緣猛然抑制住的那種感覺……沒有臺詞的外化才是最難的，我還在疑惑為什麼一開拍就拍這段。」

孫妙含忙說：「可能是省經費吧，有現成的群演和氣氛道具呢。」

阮喻點點頭，又皺了皺眉，小聲地說：「可是又為什麼非要等零點？」

看天色也不差這一下，早點拍完早點收工不好嗎？她還想跟許淮頌講電話呢。

孫妙含呵呵一笑，撓撓頭答不上來，用手肘撞了一下李識燦。

李識燦喔了一聲，解釋：「岑叔叔比較注重儀式感，認為這樣是個好彩頭，所以要求導演第一幕的景一定取在零點。我覺得這寓意挺好的，對吧，妙含？」

「對對，挺好的！」

阮喻眨了眨眼，這個劇組從投資人到導演，再到演員，怎麼好像都不太正常？

她滿心哀怨地等著零點，一直到十一點半，上千名群演終於被導演喊到操場就位，緊接著十一點五十分，兩位主角也走進綠茵場。

工作人員來來回回確認著燈光和煙火位置，五十五分的時候，有人叫了阮喻的名字：

「阮姊，麻煩妳來看一下取景角度。」

阮喻正想跟許淮頌用語音跨年，聞聲放下手機，一頭霧水地過去。

取景角度為什麼要她來看？她又不是「阮導」。

阮喻被工作人員領到了操場中央，聽導演講著她不太懂的專業術語，最後聽懂了一句：

「小阮啊，第一幕不拍主演，取大景，妳就站在這裡感受一下場景符不符合原著。」

「……」

雖然沒拍過電影，但怎麼覺得這模式怪怪的？阮喻小心翼翼地問：「導演，我腳下這裡是中心點吧，站在這裡不會被拍到嗎？」

導演說不會，又跟她解釋了一堆專業術語。

她聽得一愣一愣的，等反應過來，已經五十九分了。

導演哎呀一聲，一拍大腿，舉著喇叭喊：「倒數計時準備。」說完又鄭重地跟她交代，「千萬要站好這個點，抬起頭，用心去感受！」

「……」

群演在導演的指揮下簇擁著阮喻圍成圈，而她就像被趕鴨子上架似的，站在整個操場的中心點。

銀河鋪在頭頂，漫天星辰熠熠生輝。

四面開始倒數計時：「五，四，三，二……」

「一」字落，煙火炸開。火樹銀花倏然升空，在天際落下五光十色來。

同一瞬間，一隻手牽住了阮喻。

她差點驚叫出聲，「啊」字溢到嘴邊卻先偏頭看見手的主人。

明明滅滅的光影裡，她看見這個人穿著一身體面的西裝，戴著一副金框眼鏡，正低著頭含笑看著她。

許淮頌。

明明應該身在一萬多公里外的許淮頌。

阮喻張著嘴，震驚得無以復加，僵硬扭頭，看了看四周笑望著他們的所有人，反應了過來。

電影根本不是這麼拍的。

沒有什麼神奇的劇組，有的只是被收買的人心。上千顆被收買的人心。

她盯著許淮頌，心後知後覺地怦怦跳了起來，跟頭頂的煙火炸成了一個頻率。

可是這一次，直到煙火燃盡，他也沒有放開她。

似乎是預料到了接下來會發生的事，阮喻緊張地吞了口口水。

周遭有上千個人，卻沒有一個人發出聲音，所有人都在等許淮頌開口。

然後，他們看見他在亮如白晝的燈光下，拉著他女主角的手說：「九年前的這一天，我在這裡撒了一個謊，騙了我喜歡的女孩子。九年後的這一天，我又騙了她一次，讓一千多人跟我一起撒了一天的謊。那麼多謊，只為了解釋最初的那一個——為了告訴她，我雖有過滿嘴的謊話，卻自始至終只有一顆喜歡她的心。

因為喜歡她，我沒有告訴她，其實那年煙火燃放前的十分鐘，我一直站在看臺高處，最後三十秒才在人群裡找到東張西望的她，從護欄跳下。

因為喜歡她，我沒有告訴她，其實不止看臺，那些年，在體育館的器材室、圖書館的閱覽室、學生餐廳的打菜走道、教學大樓的機房……我都一遍一遍地找過她。

因為喜歡她，我沒有告訴她太多太多的祕密，沒有開口就選擇了放棄。但還是因為喜歡她，我最終花了九年的時間，尋尋覓覓地走回了這一天，重新來到她的面前。」

許淮頌說到這裡笑了笑，拿出一個深藍色的戒指盒打開，朝她單膝跪了下去。

眾人終於忍不住發出驚嘆與歡呼。

阮喻卻鼻端一陣酸楚，目光跟著閃起晶瑩來。眼底倒映著的鑽戒和他，好像比天上的星星還要耀眼。

許淮頌仰視著她，繼續說：「我來到這裡，想用往後的九年，十九年，九十年，去和她講九年前那些，所有關於我喜歡她的祕密，想問問她肯不肯聽。所以，阮喻，妳願意嫁給我嗎？」

——阮喻，妳願意嫁給我嗎？

在這一刻沒有發生的時候，她以為身為一個言情小說家的她，應該會對這句話有許多別出心裁的回答。

浪漫的、特別的、標新立異的。

可是當這一刻真正來臨，她卻在滿世界的寂靜裡失去了所有思考的能力。

就像能夠回應「我愛你」的，好像只有「我也愛你」，她說不出其他的話語。

平凡又渺小的他們，在遇見愛情時，最終還是落入一個俗套的結局。

而她也跟世上所有被愛的女孩一樣，在這一刻熱淚盈眶，對那個凝望著她的人鄭重點了一下頭，告訴他：「我願意。」

番外一　少女情懷總是詩

求婚儀式結束後，電影需要照常拍攝。場地布置得進行小幅調整，所以群演們有十五分鐘的休息時間。

學生們一哄而散，坐上看臺喝劇組發的薑茶，熱熱鬧鬧地笑著討論剛才的事，女孩子們一個個說著「一中欠我一段雙向暗戀」，只有許懷詩在看臺角落哭得稀裡嘩啦。

她正真情實感地喜極而泣呢，忽然聽見一個煞風景的聲音：「許懷詩，妳哭得跟個傻子一樣幹嘛？」

許懷詩抬起頭，一眼就看到趙軼杵在自己的面前，一百八十幾的身高，高得像隨時準備給她來個「泰山壓頂」。

她拿袖子抹抹眼淚，瞪他：「誰是傻子？」

趙軼嘖了一聲：「妳是女孩子嗎？都不隨身帶衛生紙。」說完，從褲子口袋裡抽出一包衛生紙，遞給她一張。

許懷詩接過來，嘴上不饒人：「你是男孩子嗎，還隨身帶衛生紙？」

「我這是……」他被氣笑，「早就知道妳今晚會哭成傻子，特意準備的好嗎？」

許懷詩被喊了這聲「傻子」，擦眼淚的動作頓住，一扔衛生紙，不領情了：「什麼爛衛生紙，這麼粗。」

「比我的手還粗？」

她愣了愣，還來不及明白這句話的意思，就看到趙軼抬起手，拇指指腹擦掉她眼下的淚痕，一邊輕輕地動作，一邊唉聲嘆氣：「那早知道不買了，還不如直接用手呢。」

許懷詩渾身一僵，等她反應過來，一把拍開他，蹬蹬腿站起來：「當然是你的手比較粗……」說完，捏著裙襬急匆匆地跑下看臺，臨到最後一階臺階，一個不穩差點絆了一跤。

「噯，妳不是夜盲嗎？跑什麼！」趙軼的長腿一跨追上去，三兩步拽住她的手臂，「要去幹嘛？」

她甩開他，覺得臉頰被他擦過的地方一陣火辣辣的燙：「洗臉，你的手超粗的，我都要毀容了！」

「……」

眼看她轉進了看臺下的女廁所，趙軼只好在門口止步，轉頭要走，又想到大半夜的，學校裡這麼多校外人士，不太放心，於是在階梯上坐了下來。

這一坐，倒是想起第一次在這裡遇見許懷詩的情境了。

高一上學期文理沒分班，他和她還不是同班同學。

當時他班上的男生多，又皮又鬧，有一次體育課打球起了爭執，下課後來這裡打了場群架。

他是打贏的那邊，但臉上掛了彩，打完後氣得一個人悶坐在這階臺階上。一抬眼，看見女廁所的門被拉開一條縫，一隻眼睛探出來，見他凶神惡煞地坐在這裡，又迅速縮了回去。

他愣了愣，明白過來，這個女生是聽到了隔壁男廁打架的動靜，一直躲著不敢出來，等沒聲音了才敢探頭。

他朝女廁所喊：「同學，妳怕什麼？都散場了！」

隔著門板傳來一個壯著氣勢的女聲：「散場了還不走，杵在這裡當門神嗎！」

他覺得好笑，起身上前反問：「怎麼，不行？」

沒想到她一聽到他的聲音近了，啊地尖叫起來：「你別進來！女廁有三把拖把，你敢進來我就打死你！」

他被氣笑：「同學，我不打女生的。」

「那你還不走？」

「妳先出來我再走。」
「你走了我再出來。」
「妳先出來。」
「你先走。」
兩人僵持不下，他沒了耐心，握上門把：「妳出來，我保證不打妳，我就看看妳長什麼樣子。」
她死死地在裡面拉著門不鬆手：「你以為我傻啊？被你看到臉，我以後還有活路嗎？」
「……妳是不是電視劇看太多了？」
他開始大力拉門，她也開始大喊：「救命啊，有沒有人，救命啊——！」
這下引來了附近的體育老師，他只好放棄，轉頭離開，那時他還不知道，裡面的人就是許懷詩。
之後會知道，純粹是她自己露了馬腳。
一星期後，同樣是星期三，同樣是體育課後，他抱著籃球一路從操場走回教室，在看臺附近碰見一群嘰嘰喳喳的女生。
為首的一個女孩子講得滔滔不絕，眉飛色舞，一眼看到他後，卻突然住了嘴。

一旁的幾個女生催問她：「然後呢？」

她閉嘴不答，見鬼似的臉色煞白，加快腳步從他身邊經過。

他就好奇地回頭望了一眼，正好對上她也看過來的眼。

四目相接時，他恍然大悟，怕是上次女廁裡的那個女生，擔心他認出她的聲音吧。

但他當時已經完全把這件事拋在了腦後，更別說記得她的聲音了。倒是這下，把她的臉看得一清二楚。

人挺有趣，長得也不賴。

他回去後就開始打聽她，知道了她的名字。再過不久分班，又曉得她選了文科。

他想，反正自己也不愛念書，讀文說不定會輕鬆一點，筆一勾，也跟著選了文科。

下學期開學，碰巧如願以償地跟她分到同一班。

班導是國文老師，而她國文很好，第一天就被老師分配了點名任務。點到他的時候，她一身浩然正氣，鏗鏘念出：「趙，軒！」

班上沒有人回答。

三秒鐘後，他咬著牙舉手：「同學，妳是國文小老師還不識字？那是軼，車失軼。」

全班哄堂大笑。

她從點名冊上抬起頭來，看清他的臉後顯然嚇了一跳，卻又壯著聲勢說：「不允許國文小老師有近視啊？」

想到這裡，趙軼自己笑了出來，接著就見到女廁所的門被移開了一條縫。

聽見他笑聲的許懷詩探出頭來，問：「你沒走啊？」

他站起來：「怎麼，妳這半天終於磨蹭完了？」

「不是，還沒完呢……」她的聲音低下去，左看看右看看，「趙大，你帶手機了嗎？」

沒事就叫他「趙軒」，一有事就改叫「趙大」，趙軼也習慣了，遠遠地答：「帶了，怎麼了？」

「我手機不在身上，你能借我打個電話嗎？」

「能啊，妳出來吧。」

「你先借我手機。」

「打電話幹嘛非要在廁所？妳出來啊。」

「我就是……哎呀，你借不借？不借就幫我叫我嫂子來！」

趙軼愣了愣，琢磨了一下：「怎麼了？」

她跺跺腳，急了：「我就是找我嫂子有事！」

他摸摸鼻子，喔了一聲，好像隱隱約約地猜到什麼，掏出手機，解鎖後遞給她，退後了說：「那我坐在門口等妳。」

許懷詩也沒回應，轉頭匆匆回廁所，背不出阮喻的號碼，只能撥許淮頌的電話：「哥，你還在學校吧，嫂子跟你在一起嗎？」

『在，怎麼了？』

「你把電話給她。」

阮喻接通後喂了一聲，許懷詩壓低聲問：「嫂子，妳有帶衛生棉嗎？我大姨媽來了……」

『啊，沒帶呢，我去買，幫妳送過去。妳在哪裡？』

「看臺樓下的廁所。」

『好，妳等我一下啊。』

那頭掛了電話，許懷詩捂著隱隱作痛的肚子，在昏暗的廁所裡等，過了半天也沒見到人，百無聊賴之下，指紋解鎖了手機，然後看見一張完全陌生的手機桌面。

她一愣。

喔，經痛到糊塗了，這是趙軼的手機，不是她自己的。

於是她又關掉螢幕，但按下去的瞬間卻忽然呆在原地。

不是她的手機，那為什麼她的指紋能解鎖？

許懷詩背靠牆面，很久沒有動，直到聽見門外傳來許淮頌的聲音：『我在外面等妳，黑漆漆的，當心臺階。』

接著是阮喻的：『知道了，這裡我很熟。』

她離開牆面站直，看見阮喻拎著包進來，朝她揮手：「嫂子，麻煩妳了。」

「妳哥才是真麻煩。」阮喻壓低聲，把衛生棉遞給她，「我說要去買點東西，也不出校門，他非要跟著。」

許懷詩笑了笑，也壓低聲：「那我同學還在門口嗎？」

「妳說趙軼？在跟你哥聊天呢。」

「喔，妳看，也是個麻煩的。」

阮喻稍稍一頓，從她語氣裡聽出幾分不尋常的味道，剛張嘴要問，就看到她朝自己招了招手：「嫂子，手借我一下。」

她伸過去，被她捏著大拇指幫手機解鎖。

顯示解鎖失敗。

許懷詩又拿自己的拇指按了一次，依然成功。

她哼了一聲：「幼稚。」說完把手機交給阮喻，去隔間上廁所了。

阮喻捏著手機，稍微一猜想就拼湊出了前因後果，走到隔間門邊問：「懷詩，妳……」

「我沒在談戀愛。」許懷詩脫口而出，說完打開隔間的門，又補充強調了一句，「才沒在談戀愛呢……」

阮喻朝她笑笑，把手機還給她：「那走吧。」

許懷詩點點頭跟著她出去，臨到門邊突然頓住腳步：「嫂子，我肚子疼，就不去當群演了，反正也不缺我一個，妳在片場有事嗎？沒事的話，陪我去吃個熱熱的關東煮吧。」

阮喻嗯了一聲，到門口打發了許淮頌和趙軼，跟她單獨去買東西。

前半段的路上，她一直沒開口，臨近合作社才說：「嫂子，其實我早就猜到了。」

阮喻偏過頭：「猜到什麼？」

「趙軼喜歡我。」她低頭朝掌心哈了口氣，搓搓手，「我們天天抬頭不見低頭見的，跟妳和我哥那種三年說不到兩句話的情況不一樣，他喜歡我，我怎麼會看不出來。」

要是不喜歡她，他一個連掃把都懶得拿，開電風扇「掃垃圾」的人，怎麼會在她當值日生的時候幫她擦黑板，吃了一嘴的粉筆灰，還說「這粉筆什麼牌子，味道不錯」。

要是不喜歡她，他一個語數外政史地作業一片白，連抄都不屑抄的人，怎麼會在知道她沒寫英文作業後，厚著臉皮跟人求來答案，還跟她說「那個女生是不是暗戀我？硬把答案塞到我手裡，攔也攔不住」。

要是不喜歡她，他一個校運會跳高冠軍的候補選手，怎麼會在發現跳高項目跟她的一千五百公尺長跑的時間撞到後，直接棄賽來陪她跑，還說「這屆裁判是我的死對頭，這跳的不是高是命，不玩了，不玩了」。

但她也的確夠遲鈍了。

就因為他在擦黑板的時候嘲笑她矮，給她答案的時候損過她「妳也有今天」，為她陪跑的時候說她臉白得像鬼，她就忽視了這些行為本身的含義，長久以來都把他的好意當成「無聊的挑釁」。

直到半年前，幾個隔壁班的男生出言調戲她，跟她起了口角爭執，他為她跟人打了一架，她才真的有所意識。可是意識到以後，她就害怕了。

當時如果不是路人及時阻攔，趙軼差點就要弄出人命來。這樣的喜歡讓她喘不過氣，就像原本空無一物的肩背，忽然被壓上了千斤的重量，她不願意背負它。

所以那件事以後，她開始有意地躲著趙軼，躲了一整個暑假，直到他感覺到她的疏遠，開學後開始跟班上別的女生熱熱鬧鬧地搭腔，不再跟她說話。

一直到秋天過去，冬天來了，她想他大概就是三分鐘熱度，沒那個意思了，兩人這麼僵著也滿難受的，才主動跟他開玩笑說笑，修復了這段友誼。

然而，在剛才元旦煙火的氛圍裡，他好像又越界了。

或者說，其實他根本從來沒有退後過。因為那支手機裡的指紋解鎖，只可能是他趁她睡覺時偷偷存的。但她在十月天氣涼爽以後，根本沒在教室睡過午覺。

一邊假裝跟別的女生打得火熱，一邊偷偷錄她的指紋，他可真是厲害。

想到這裡，許懷詩癟了癟嘴，忽然聽見阮喻問：「他喜歡妳，那妳覺得呢？」

「妳看我知道卻裝作不知道的樣子，能有什麼想法啊。」

「嗯……知道卻裝作不知道，也不一定就是毫無想法。」

「哎呀嫂子！」許懷詩覷她一眼，「妳怎麼還鼓勵晚輩談戀愛呢？」

「不是。」阮喻笑出聲，「妳知道老師和家長為什麼不讓你們談戀愛嗎？」

「怕耽誤念書啊。」

「那談戀愛為什麼會耽誤念書？」

許懷詩無語，搖了搖頭。

反正這些是老生常談，大人都這麼說，誰考慮過到底為什麼啊。

「在已經成年的前提下，理論上來講，有分寸的穩定戀愛並不會帶來消極的作用，但實際上，一段戀愛往往要經歷熱戀期的瘋狂和磨合期的波折，磨合不順利又會有失戀期，因此它通常是不穩定的。戀愛本身不是壞事，是它對情緒造成了不穩定，才容易壞事。所以啊，妳要是不知道他的想法，那沒關係，知道了又對此有所觸動的話，再一味逃避，只會讓妳的情緒陷入反覆的不穩定中，這一樣會妨礙妳讀書。」

許懷詩眨眨眼，有點心虛地喔了一聲。

「懷詩，唯恐避之不及的是瘟疫，不是感情。妳是聰明人，到了這個份上，與其躊躇不定，瞻前顧後，不如直接面對這個問題，好好想清楚，然後用理智，對妳和他都好的方式去處理好它。」

許懷詩整個元旦假期都在思考阮喻的話。

返校那天，她提前半天離開家，打了個電話給趙軼，約他到學校附近的奶茶店。

因為是臨時邀約，趙軼來晚了一點，進來脫了圍巾，搓搓手說：「幹嘛，又要密謀什麼偷闖校史館的計畫嗎？」

許懷詩搖搖頭，瞪著他說：「你元旦作業寫了嗎？」

「妳看我像是會寫作業的人嗎？妳要抄作業早說嘛，我先去問人……」

「我做完了。」她從包包裡掏出一疊考卷。

「喔，妳是要給我抄啊？那不用……」

「趙軼！」許懷詩打斷他，「誰讓你抄作業了？你上課不聽講，下課不念書，作業從不寫，考試全靠猜，到底想不想考大學啊？」

他一愣：「妳幹嘛？班導上身啊？」

許懷詩嚴肅地皺著眉：「你好好回答我，還有五個多月就考試了，你到底想不想上大學？」

他沉默了一下：「能上就上，不能上就拉倒啊。」

「那……」

「那什麼？」

「那……」

許懷詩「那」了兩次也沒說出個所以然，改口說：「手機給我。」

趙軼掏出手機，然後眼睜睜地看她用自己的拇指解了鎖。

「……」

他沉默了一下，很快就激動起來：「妳什麼時候偷拿我手機輸入自己的指紋？」

許懷詩咬著牙看他：「你再說一遍，到底是我偷拿你手機，還是你偷輸入我的指紋？」

趙軼喉結一滾，喔了一聲，默認了後者。

「剛才沒說完的，繼續。你說大學能上就上，不能上就拉倒，那……那你是不是也無所謂，這個指紋以後還能不能解鎖你的手機？」

趙軼愣了愣：「妳什麼意思？」

「我的意思是……」許懷詩深吸一口氣，「你不想跟我上同一所大學？」

趙軼一愣過後，兩排白牙一閃，露出笑來：「妳想啊？缺保鏢？」

他還在那裡裝傻。

許懷詩花了多大的勇氣才打開天窗說亮話，這下生氣了，一邊拿起桌上的考卷就往包包裡塞，一邊說：「是，我缺保鏢，你缺腦袋！」

她罵完起身就走，一把推開奶茶店的門，被冷風冷得打了個顫，剛往外走了兩步，忽然被身後的人一把拉住了手。

寬厚的手掌包裹住她的手腕，她認得這個觸感，其實並沒有她說的一樣粗糙。相反地，在四面呼號的冷風裡，還有一點溫暖。

許懷詩停住腳步，聽見身後的人語速緩慢地說：「我想。我想跟妳上同一所大學。」

這句話就像一根羽毛拂過她的耳廓，很輕，卻因為靠近耳膜，在她的聽覺世界產生了巨大的響動。

不是「我喜歡妳」，也不是「我要和妳在一起」，而是「我想跟妳上同一所大學」。

短短十個字，卻是在這個年紀能給予的，最珍貴的誓言。

許懷詩沒有回頭。這一刻，目之所見都成了特寫鏡頭。

街上來來往往的，行色匆匆的人們；對面報刊亭旁正在等人，穿著紅裙的女孩子；緩緩朝這邊駛來，最後停靠在斜前方月臺的十九號公車。

還有，從她眼前慢慢飄下，落在她鞋尖上的一片白。

她跟著低下頭去，眼看它轉瞬融化成雪水，文不對題地說：「下雪了。」

「嗯。」趙軼抬起頭，望向頭頂紛紛揚揚落下來的白，「下雪了。」

✓

元旦假期過後，全年級的老師都聽說七班有個不學無術的男生突然轉了性。

一開始，消息是從宿舍阿姨嘴裡傳出來的。

有天晚上阿姨查寢，聽見二樓男生宿舍的陽臺傳來說話聲，她怒氣沖沖地殺上去，卻看見趙軼頂著黑眼圈，拿著手電筒在那裡背三角函數。

第二天，阿姨抹著感動的淚水去找七班班導。

班導師正在慨嘆，一問姓名，臉卻黑了下去：「您別被那小子騙了，他數學課本裡夾著漫畫呢。」然後就把趙軼叫到辦公室念了一頓。

趙軼也懶得反駁，一邊在腦子裡默背歷史，一邊心不在焉地「嗯嗯啊啊」敷衍過去。出門的時候碰到歷史老師，他突然問：「老師，世界上第一輛汽車是哪年發明的？」

歷史老師一愣，說：「一八八五年。」

他右手握成拳，往左手掌心一敲：「對，是『你爸爸我』發明了汽車……」

全辦公室的老師面面相覷，歷史老師緩緩扭頭，看著趙軼大步走遠的背影，難以置信地扶了一下眼鏡。

一次可能是巧合，但有關趙軼的「光榮事蹟」接二連三地傳到辦公室，連班導都不得不信了。

直到臨近期末考的某一天，數學老師在上課前五分鐘到達教室，準備分析考卷，卻聽見趴著打瞌睡的趙軼吼出一句夢話：「你放屁！烏蘭巴托明明是溫帶大陸性氣候！」

在那之後，班導徹底意識到問題的嚴重性，懷疑這孩子念書壓力太大瘋掉了，於是在週五傍晚的放學時間請了趙軼的媽媽來。

學校裡大部分的學生都回家了，只有一些高三生自主留下來念書，趙軼也在其中。

班導和趙媽媽在辦公室談完，一路憂心忡忡地走向教室，到了七班窗邊，隱約聽見一個女聲：「你輔助線都畫錯了，當然解不出來，這題要這樣畫……」

兩人下意識地放輕腳步，從窗縫往裡頭看，一眼望見後面一排穿校服的女生搬了把椅子坐在趙軼的旁邊，正低頭在考卷上畫輔助線，畫完偏頭看他：「這樣懂了沒？」

趙軼喔了一聲：「好像懂了，我再試試。」說完拿過筆開始推演，三分鐘後猛拍了一下桌板。

女生嚇了一跳，拍著胸口瞪眼看他：「你幹嘛啊？」

趙軼欣喜若狂：「我算出來了，真的是四十五度！」

「這麼簡單的題目，激動個什麼勁……」她覷他一眼，撇過頭卻揚起嘴角笑起來，等他看向她，又重新板好臉，凶巴巴地說：「還有哪道不會？快點問，我要回家了。」

窗邊兩個大人對視一眼，悄聲走遠了。

許懷詩講完一張數學考卷，太陽已經西下。

看她揹上書包往外走，趙軼叫住她：「妳怎麼回家啊，搭計程車？」

「計程車不安全，我媽不准，我搭十九號公車。」

「那我送妳去車站，等我一下。」

「噁心什麼，我不認識路啊？」許懷詩哼了一聲，先一步離開教室，走到校門口，卻聽到身後風聲呼嘯，接著，趙軼連人帶自行車停在了她的面前。

他氣喘吁吁地說：「就叫妳等我一下了。」

許懷詩眨眨眼：「你自行車什麼時候加了後座？」

「都快一個月了，妳的眼睛就是沒看過我是吧？」

「不就是一輛自行車，又不是保時捷。」

趙軼呵出一聲：「妳喜歡保時捷？我家開藍寶堅尼。」

「別吹牛了，這種豪華跑車來過一次，第二天你就全校聞名了。現在都快三年了，我怎麼沒聽說過？」

「那是我家低調，要是真的來了，我身邊還不得成天鶯鶯燕燕的，多影響我念書。」

顯然是聽他說垃圾話聽慣了，許懷詩完全不信：「你以為在拍電視劇啊？」

趙軼懶得再說，嘖了一聲：「妳上不上來啊？」

她轉頭就走：「不上，冷死了，還不如走路暖和。」

趙軼攔住她，摘下自己的圍巾，把她連脖子帶臉徹徹底底地裹起來：「快點，末班車剩下五分鐘了。」

許懷詩低頭看了眼手錶，啊了一聲。

原來是這樣他才非要送她。

她飛快地跳上他的後座：「你早說啊，還在這裡跟我閒扯什麼霸道總裁狗血劇，快快！」

「嫌慢？那妳坐穩了。」

他一踩腳踏板飛快地騎出去，許懷詩身子一歪，猛然抱緊他的腰：「你殺人啊？」

趙軼被她抱得連氣都喘不過來了，朝身後吼：「妳才是要殺人吧？」

三分鐘飛馳到車站，完全沒有電影《甜蜜蜜》裡那種不緊不慢的浪漫感，兩人都是氣喘吁吁。

許懷詩把圍巾摘下來，剛要還給他，遠遠看見一輛銀灰色跑車駛近而來，停在他們的面前。

說曹操曹操就到的藍寶堅尼？

她愣了愣，眼看車窗降下，一個女人的臉露了出來，有點眼熟。

趙軼接圍巾的動作頓住，驚訝地說：「媽，妳怎麼來了？」

許懷詩：「……」

她的臉有點疼。以及，她是不是又要被誤會談戀愛，請家長了？

趙軼顯然也想到了這一點，趕緊解釋：「媽，我沒有……」

「我知道。」趙媽媽卻笑起來，看向許懷詩，「懷詩是嗎？上車吧，阿姨送妳回家。」

「……」

那個上次還在警局門口，用「給妳五百萬，離開我兒子」的眼神看著她的阿姨，此刻的目光變成了——這小女生真聰明伶俐，想帶回家當媳婦。

她看看趙軼，見他也一頭霧水，慌忙地搖搖手：「不用了，阿姨，我等的車就快到了。」

趙媽媽微笑：「妳搭幾號公車？」

「十九號。」

「我剛看到末班車開走了。」

許懷詩低低地啊了一聲，又看向趙軼。

趙軼努努下巴：「上去吧。」

她喔了一聲，跟趙媽媽道謝。上車後她忽然覺得哪裡不對勁，指著趙軼問趙媽媽：「阿姨，我坐了您的車，那他……」

這輛車沒有後座啊。

「平時家裡也不會接送他，騎車鍛煉身體，他自己會回去。」趙媽媽說完，微笑著踩下油門。

許懷詩反應過來，把圍巾丟出去給趙軼。

圍巾順著一千五百萬的豪華跑車飛來，糊上趙軼的臉，他差點窒息，一把扯下，抬眼卻見到一輛十九號公車姍姍來遲，停在他的面前。

許懷詩搭豪華跑車到家後，感覺腳底像踩在雲端一樣，整個人又虛又飄。她不敢跟媽媽和外婆分享這件事，吃過晚飯回書房，打開微信把經過告訴阮喻：他媽媽還叫我過一陣子正月去他們家做客，督促他念書，我這是要嫁入豪門了嗎？

阮喻立刻回：真是小說源於生活啊，我下次要寫霸道總裁文就找妳取材。

許懷詩：但我這恐怕不是霸道總裁文，是霸道婆婆文……

她下意識地打出這行，發送完又趕緊撤回。

呸！什麼婆婆！

但似乎太遲了，許淮頌很快就飆了一通電話過來。

她一愣，接通後就聽見那頭說：『許懷詩，妳膽子大了，婆婆都找好了？』

「哇！」她抱怨出聲，「哥，你怎麼隨便偷看我跟嫂子的聊天紀錄？」

『我光明正大看的，別轉移話題。』

「我就手那麼一滑嘛……」

那頭的許淮頌還想說什麼，被阮喻搶走了手機：『沒事，妳去寫作業吧，不用理妳哥。』

她喔了一聲，問：「他沒生氣吧？」

『沒有。』阮喻開玩笑地說，『他就是看見藍寶堅尼，怕錢賺少了，以後不夠給妳當嫁妝呢。』

許懷詩一愣，聽見那頭阮喻傳來嗚嗚的聲音，像是嘴巴被人堵住了。

她捂上耳朵大喊：「哥，你可別給我聽什麼十八禁啊，我還是個孩子呢！」

許淮頌接回電話：『沒妳的事了，快期末了，好好去念書。』

被「揮之即去」的許懷詩轉頭拿出考卷讀書。一直到晚上十點半，她收到了趙軼的微信訊息：睡了沒？

許懷詩：睡了。

趙軼：……

許懷詩：點點點個什麼，有話快說。

趙軼：古代史背得我頭暈。

許懷詩：頭暈你吃藥去啊，找我幹嘛？

趙軼：妳有空的話，把古代史綱要三到五頁念一遍，錄個音傳給我，我躺在床上聽。

許懷詩：我吃飽撐著嗎？有病啊？

趙軼：花不了妳二十分鐘的。

許懷詩：那也不念，大半夜的，我家人都睡了！

趙軼：喔。

喔？

許懷詩呵呵一笑，把手機翻了個面，丟在一旁充電，轉頭去浴室刷牙洗臉，出來後原本想躺到床上休息了，掀開被子又下床去，拿起手機打開錄音介面。

她唉聲嘆氣地帶著歷史課本躲進廁所，坐在馬桶蓋上，壓低聲音清清嗓子念課文。

一氣讀完一頁，許懷詩按下暫停，去外面倒了杯水喝，回來繼續，念到最後自己也昏昏欲睡，暈暈乎乎了，對著手機惡狠狠地說：「累死了！還剩半頁不念了。」說完站起來，正要按下結束鍵，又像想起什麼似的頓住，沉默了片刻，放輕了聲說：「晚安。」

完成錄音，她把錄音檔傳給趙軼。

一個星期後的期末考，趙軼的歷史成績有一半的得分都在那三頁出的考題上。

〆

一中放了寒假，不久後就是春節。

許淮頌和阮喻到蘇市過年，阮爸阮媽也被接回老家來。除夕夜，兩家人熱熱鬧鬧地一起吃過年夜飯，聚在客廳看電視，等老一輩睏了散場了，許懷詩也回自己的房間，一邊跟班上兩個同學打線上遊戲，一邊等十二點倒數。

語音裡傳來同學的聲音：『三缺一啊，趙大不來嗎？』

許懷詩打個哈欠說：「問了，他說沒空。」

本來她不覺得趙軼一個小屁孩除夕夜有什麼好忙的，但自從上次看到了那輛藍寶堅尼，就想像起了他們家過年的畫面。

豪門嘛，大概有上流社會的一套方式，四代同堂，穿得體體面面的，辦個宴席啊，搞個舞會啊，大家一起喝喝香檳、跳跳舞。

她嘖了一聲，低下頭專心打遊戲，一局又一局玩得很起勁，最後連等十二點的事也忘了，直到一個視訊邀請突然彈出來，中斷了她的遊戲介面。

趙軼。

她猛拍一下床單，一接通就氣急敗壞地說：「趙……」話一出口，卻看見一個貌美的女人。

她霎時春風滿面地笑了起來，滑到嘴邊的「軒」字硬生生一拐：「……軼媽媽。」

對面的趙媽媽好像人在室外，背景是一棟白色別墅，她微笑了一下說：『懷詩妳好，阿姨用支付寶發了個小紅包給妳，妳記得收。』

她愣了愣，還沒反應過來，就聽見趙軼的聲音：『媽，十二點快到了，妳把手機給我！』

接著鏡頭一晃，換成了他的臉。

不知道趙媽媽有沒有走遠，她不敢朝他大呼小叫，只好把遊戲中斷的氣吞了回去，小聲地問他：「什麼紅包啊……」

趙軼說：『壓歲錢吧。』話音剛落，背景傳來咻的一聲煙火升空的聲響。

他把鏡頭一轉，對準了天空，問：『看得見嗎？』

許懷詩哇了一聲，看見占滿螢幕的璀璨銀黃色從漆黑的天際流瀉下來。

趙軼知道她看見了，一邊舉著手機一邊說：『妳那邊的社區禁止燃放煙火，我在郊區。』

許懷詩真情實感地對著螢幕感慨：「有錢真好……」

沒想到一旁趙媽媽還在，聽見這句話立刻說：『叫懷詩正月有空來做客。』

許懷詩聽見趙軼喔了一聲，重複一遍：『我媽叫妳正月有空來做客。』

她笑呵呵地打著馬虎眼，等到煙火燃盡，掛了視訊，打開支付寶嚇得手一抖，手機啪的一聲摔下了床。

她趕緊彎腰去撿，拿起手機來重新定睛看了一遍。

沒錯，她收到一筆八千八百八十八元的轉帳，這就是趙軼媽媽所謂的「小紅包」？

許懷詩當然不敢收這筆錢，跑去敲哥哥房間的門，問這要怎麼辦才好。

許淮頌和阮喻對視一眼。

阮喻說：「原封不動地退回去也不太合適。」

許淮頌嗯了一聲，問許懷詩：「妳同學的支付寶多少？」

「要做什麼？」

阮喻解釋：「這種時候，妳哥也發一個紅包給他，既盡到了禮數，也好讓妳安心。」

她喔了一聲，把趙軼的支付寶傳給許淮頌，說：「那哥你可不能給得比他媽媽少啊。」

許淮頌覷她一眼，反手就是一個九千九百九十九元人民幣。

正月裡，許懷詩當然不好意思真的去趙軼家做客，但初五那天跟他一起去了市立圖書館自習，跟他講解了一遍幾張數學考卷。

元宵節一過就回學校了，念了兩個星期的書，很快就到了百日誓師的日子。

誓師過後，教室的黑板掛上了倒數計時牌，一旁的牆面貼了全班同學人手一張的卡片，卡片的正面是一句座右銘，背面寫了每個人理想中的大學。

許懷詩寫了「我想考杭大」，貼完以後問趙軼寫的是什麼。

他很沒意趣地說：「好奇啊？那妳撕下來自己看啊。」

她哼了一聲，說不好奇。

等到晚自修結束，教室裡人都走了，她像做賊似的來到牆邊，找到了趙軼的那張卡片。

他的座右銘是：『努力吧，因為讀不好書就要回去繼承家業。』

「……」她一看氣死了，差點想掉頭走人，鞋尖一轉又停下來，回過頭，小心翼翼地撕開了那張卡片。

背面的字跡明顯比正面工整、嚴謹，看得出來，他寫得很認真。

他寫的是：我想考許懷詩想考的大學。

她捏著卡片呆在那裡，半晌後，把卡片貼了回去，揉揉發酸的鼻子罵了一句：「笨蛋。」

下一刻，窗邊傳來一個男聲：「妳罵誰呢？」

她啊地尖叫一聲，回過頭看見趙軼趴在那裡一臉不爽。

許懷詩驚魂不定：「魂都被你嚇飛了！」

「不做虧心事，不怕鬼敲門，是妳偷雞摸狗在先，怪我？」

她把教室的燈和窗關好了，到了門外冷哼著說：「是啊，偷摸了雞狗的卡片。」說完轉頭下了樓梯。

趙軼嘴角一抽，追了上去：「去哪裡啊？」

樓梯間黑漆漆的，許懷詩夜盲，看不太清楚，邊走邊回答他：「當然是回宿……」話說到一半，腳下一空。

趙軼一把拉住她的手：「小心點啊妳。」

「你不是會拉住我嗎？」她看看他，好像真的沒被剛才那一下踩空嚇到，好端端地繼續往下走了。

趙軼在她身後頓了頓，跟上去說：「那我要是考不上妳念的大學呢？誰還會在這種時候拉著妳？」

許懷詩笑著瞥他：「喲，你可別太看得起自己了，你考不上，也會有別人拉著我。我長得這麼好看，上大學肯定有很多男孩子追。」

趙軼一副要開罵的樣子，但話到嘴邊卻又吞了回去，改而垂著眼說：「嗯，也是。」

許懷詩微微一滯。

原本無意出口的玩笑話突然讓兩人陷入了一種古怪的氣氛。

她張了張嘴想解釋什麼，又不知道怎麼表達，沉默地下樓後，看見一道岔路出現在兩人的面前。

往左是男生宿舍，往右是女生宿舍。

這個高中三年走了很多遍的單純分岔路，在眼下這樣的情境裡，似乎被賦予了什麼不一樣的含義。

兩人同時頓住腳步，停在那裡，就這樣僵持著，誰也沒有先一步走上這個分道揚鑣的節點。

一分鐘後，趙軼說：「趕緊回去吧，宿舍快關門了。」

許懷詩卻突然說：「我想去操場走一圈。」

他偏過頭，看她率先扭頭邁開腳步，就跟了上去。

許懷詩走在前面，抬頭望著天上的星星說：「以前總想著苦過了高三就自由了，現在真的快畢業了，又覺得其實高三也挺好的。」

趙軼沒有說話。

兩人沉默著走完一圈操場，繞到側門，許懷詩說：「從這裡回去吧。」

「幹嘛繞遠路？」

她笑嘻嘻地踢著小石子：「先經過女生宿舍，再經過男生宿舍，這樣就不用分道揚鑣了啊。」

趙軼笑起來：「好，那就不要分道揚鑣。」

百日之後，時間過得越來越快，一眨眼就到了大考前夕。

因為一中是考場之一，高一高二的學生已經放假，而高三生也撤了出去，臨時到國中部借教室。

大考前的最後一節晚自習結束，全年級的學生像說好了一樣，鈴聲響了三遍還是沒有人走出教室。

教務主任走過靜悄悄的走廊，經過七班的時候，敲了敲門板：「同學們，下課了，可以回宿舍了，看你們這一個個，是要把當年逃過的晚自習都補回來？」

文科班的女生多，聽見這番話就有人紅了眼眶。

許懷詩本來還覺得沒什麼，看見同桌開始擦眼淚，也鼻子一酸，拿出了紙巾。

教務主任走進來，笑著說：「哎呀，既然這樣，我們一起唱首歌吧。」

趙軼大聲問：「唱什麼啊老師，您不是五音不全嗎？」

全班哄堂大笑，許懷詩那點眼淚一下子被笑了回去，回頭看了後排的趙軼一眼，他正望著她笑，明明眼裡也像閃著點點淚光。

教務主任扶了一下眼鏡，看了趙軼一眼：「來，就你，上來領唱，唱一首《年輕的戰場》。」

趙軼傻住：「老師，我也五音不全啊。」

「那你找個五音全的幫你。」

他站起來，望了一圈，笑著說：「老師，許懷詩會唱。」

被點到名的許懷詩扭頭瞪了他一眼，班上卻有其他同學跟著起鬨。

她只好站上講臺，清清嗓子，開始清唱：「今天我，終於站在這年輕的戰場，請你給我，一束愛的光芒。今天我，將要走向這勝利的遠方，我要把這世界，為你點亮……」

「亮」字落，底下的同學齊聲合，五十幾人的歌聲轟然驚動隔壁，六班和八班聽見了，也一起唱起來，接著一間又一間教室傳了過去。

嘹亮的歌聲震得整棟樓地動山搖。

許懷詩站在講臺上，沒忍住落下滾燙的熱淚，唱到最後，整班的女孩子都是又哭又笑。

教務主任也摘了眼鏡開始抹眼淚，等歌唱完，學生們終於散場，他才走出教室，望著夜色嘆了口氣：「又是一屆啊……」

〆

大考三天，許懷詩沒有主動和趙軼說話，怕一和他搭話就會在無形中給他施壓。

趙軼也在埋頭抱佛腳，每考完一科，被身邊同學問起「怎麼樣」，回答都是同一個：「得晚四年繼承家業了，真可惜。」

別人只當他在說垃圾話，只有許懷詩知道，這真的是一件非常可惜的事情。

最後一科結束的那天晴空萬里，考生們流水般地湧出考場，一路歡呼。許懷詩也終於徹底鬆懈下來，回教室的路上想起趙軼，停下來站在路口望向人潮，看他出來了沒有。

她站在階梯上踮著腳，扯著脖子死命瞧，卻沒注意到身後有人來，一隻大手往她的肩上輕輕一拍。

她嚇了一跳，回頭就見到趙軼朝她露齒一笑：「找誰？找帥哥嗎？」

「……」

她一噎，很快就理直氣壯起來：「對啊，考場上有場豔遇，坐我前面的那個男生長得超好看，打算放手追求一把。」

趙軼一聽就知道她在說笑，剛要說「行了吧」，還沒開口，忽然看見一個唇紅齒白的男生在許懷詩的面前停住腳步，一張臉憋漲得通紅。

兩人對視一眼，然後看見這個男生盯著許懷詩說：「同學，妳……妳剛才說，妳要追求我嗎？」

許懷詩一臉愣住，不會這麼巧吧？

她愣愣地看著他，眨了眨眼問：「你是坐我前面的？」

男生耳根都紅了，朝她點了點頭。

誤會大了。

她剛要擺手解釋，旁邊的趙軼氣死了，一把拉過她的手腕就走。

男生呆了呆，追上去：「噯，同學，妳可以不用追的，其實我也……」

趙軼一邊大步流星地拉著她走，一邊回頭喊：「你也什麼？你白目啊？看不出她名花有主了？」

「……」

許懷詩被他扯得踉踉蹌蹌：「你說誰有主了啊！」

他一路把她拉到教學大樓下，停下腳步，等四面的人潮過去後問：「妳說呢？」

「我知道的話還需要問你嗎？」

「妳不知道？」

許懷詩裝傻裝得一本正經：「不知道啊，你告訴我嘛！」

趙軼雙手插進口袋，又拿出來，接著又插回口袋，重複幾次以後說：「我預估過了，考個大學應該沒問題，上不了普通的科系也能勉強念個還可以的。」

許懷詩故作冷淡地說：「可是杭大裡大部分都是頂尖的科系啊。」

「我早就查過了，也有普通的科系跟熱門科系在同一個校區。如果上不了普通科系，杭大北邊一公里和東邊三公里，也各有一所還可以的學校。」

許懷詩望著天，小聲地說：「漏了，西邊五公里也有呢……」

趙軼頓了頓，笑出聲來：「查得這麼仔細？」

許懷詩覷覷他：「我的目標是杭大，當然要調查好周邊的地理環境、風土人情。」

「嗯。」他收住笑意，「偏題了。」

見他嚴肅起來，許懷詩突然變得有點緊張，垂在身側的手捏住裙襬，喔了一聲，垂眼看向自己帆布鞋的鞋尖。

趙軼清清嗓子，望著她頭頂的髮旋說：「所以啊，就那麼幾公里，我腿長又有兩公尺，只要妳願意，夜裡晚自習結束，妳看不清路，我還是可以陪妳下樓梯，用……男朋友的身分陪妳下樓梯。」

他的眼神像動感光波似的，許懷詩覺得頭皮都快燒焦了，摸摸頭髮，踢著鞋尖又喔了一聲。

趙軼怒了：「我都表態了，妳倒是回句話啊！」

她抬起頭，跟著怒了：「你這是強迫推銷嗎？你又沒問，我為什麼非要答？」

趙軼一頓，氣勢又弱下去，摸摸鼻子說：「那妳……願不願意做我女朋友……」

她低低哼一聲，笑嘻嘻地說：「不願意！」說完轉頭就跑。

趙軼被氣笑了，把她一把拉回來，直接拉進了懷裡：「妳就是逼我強迫推銷！」

教學大樓上忽然傳來一陣蕩漾的「噢！」。

兩人一抬頭，才發現樓上欄杆旁不知道什麼時候趴著一群看戲的。

許懷詩的臉漲得通紅，氣得推開趙軼，狠狠一腳踩上他的球鞋：「聽不懂反話啊！」

番外二　好想和你咬耳朵

金秋十月，至坤律師事務所裡兩位「單身有為」的男青年迎來一個艱巨的任務：陪老闆接新娘。

對於國慶日還要加班當伴郎這件事，陳暉一開始很不滿。等迎親當天一早，跟劉茂一起來到許淮頌在杭市市區的新房，他算了一筆帳，發現紅包有五倍工資才樂呵呵地說，歡迎以後多找他幹這種活。

哪有人希望別人多結幾次婚的？

許淮頌瞪了他一眼：「要不然五十週年金婚再辦一場，到時候只要你還單身，我就邀請你當伴郎。」

心被狠狠扎了一刀的陳暉沉痛地閉上眼。

一旁同樣身為伴郎的周俊笑了一下。

劉茂用手肘撞了撞陳暉：「別辜負許律師對你的期許，到時候我就不奉陪了。」

「茂哥。」這種日子也不分上下級，陳暉調侃他，「我們伴郎團裡就是你年紀最大，應該是你最急著脫單吧？」

劉茂不滿地嘖了一聲。

坐在沙發另一頭的第四名伴郎終於聽不下去，長長地嘆了口氣。

兩人齊齊看向趙軼，就聽他非常老成地感慨：「兩位大哥別五十步笑百步了，都說少壯不努力，老大徒傷悲，你們念書的時候都不知道未雨綢繆嗎？」

兩人一愣，趙軼身邊的許懷詩一抬手拍在他頭上：「未雨綢繆是這麼用的嗎？你以為大家都跟你一樣，學生時期都只顧著撩妹了？」

趙軼無言。

劉茂嘆息一聲反擊：「看來小趙同學以後也是妻管嚴。」

坐在中間的許淮頌忽然加入戰局：「你這個『也』是什麼意思？」

「誰對號入座了，就是誰想的那個意思。」

許懷詩笑嘻嘻地說：「哥，你就別掙扎了，要不然我打嫂子的電話，你對著手機說你不是妻管嚴，你看看今天這個婚還結不結得了？」

許淮頌面無表情地看著她：「等等妳別跟我去接妳嫂子了。」

「為什麼？媽給了我拎火爐的任務呢！」

趙軼替許淮頌解釋：「妳自己看看妳這胳膊往哪邊彎。到時候妳順風一倒，我們還不得被伴娘團整慘？」

許懷詩瞪他一眼：「整的就是你，等等你多替我哥擋一點，聽見沒？」

趙軼喔了一聲，低下頭低聲說：「今天替妳哥擋了，也不知道以後誰替我擋……」

算准吉時，一群人上了禮車，到達郊區的阮家，光進門就花了半個小時。

阮家親戚的陣仗不小，一群小孩子堵在門口討糖吃，許淮頌像發傳單一樣發紅包，一旁的趙軼幫忙吆喝：「別急別急，人人都有，能用錢解決的問題，都不是問題！」

許懷詩頭痛得很。

一行人好不容易上了樓，二樓的樓梯口卻擺了一塊Q&A板子，沈明櫻穿著伴娘裙出場了，說：「想見新娘，先回答問題！答對上樓，答錯三十個伏地挺身。」

趙軼擺擺手，示意小意思：「幾位大哥，你們答題，伏地挺身我包了！」

陳暉瞥他一眼：「你這小兄弟會不會說話，我們頌哥怎麼會答錯？」

許淮頌沒有說話，覺得還真的說不準。

劉茂看他不太有把握的神情，悄悄扯了扯他的袖子：「什麼題目啊？她沒跟你串通好嗎？」

許淮頌倒是想。前幾天他趁阮喻洗澡，想從她的筆記型電腦裡偷題目，好不容易過五關斬六將成功打開一個加密檔，結果一眼看見Word介面一行加粗的宋體：『見此行文字者可恥。』

可恥的他受到了良心的譴責，不好意思求她洩題。

沈明櫻身後的伴娘們開始催促新郎選題目，叫他從一到十選個數字。

許淮頌說：「七。」

沈明櫻翻開Q＆A板：「請問新郎，從蘇市一中三年九班的後門，到三年十班的前門，一共有幾個格子地磚？」

趙軼一愣，已經趴下去做好伏地挺身的準備。

許淮頌眨了眨眼，看向許懷詩。

「哥你別看我啊，我和趙軼是七班，再說了，誰會吃飽撐著去數有幾個地磚啊？」

許淮頌又眨了眨眼，再看周俊。

「不是，淮頌……雖然我是九班的，但我在十班沒有暗戀的對象。」

伴娘團已經開始倒數計時了。

許淮頌想了想，在她們數到三的時候說：「二十三個。」

這次輪到沈明櫻愣住了，看了一眼答案說：「這也能矇對？」

許淮頌微笑：「不是矇的，是我當年吃飽撐著去數的。」

趙軼爬起來：「那頌哥你剛才吊什麼胃口啊？」

「答得太快，她會沒有成就感。」

「……」

眾人集體摸摸手臂，撫平被肉麻起的雞皮疙瘩。

許懷詩嘆口氣，轉向趙軼：「學著點。」

順利上來三樓新娘的房間，許懷詩一眼看見阮喻穿著紅色禮服坐在床上，哇出一聲來：「嫂子，我哥怎麼能娶到妳這麼一位美若天仙的新娘子啊！」

阮喻看著手捧花束，站得筆挺的許淮頌，笑著說：「這不是還沒娶到嗎？」

這邊，沈明櫻又張羅起來：「就是啊，要接人走，先得找到新娘子的鞋！」說著，拿出手機開始計時，「兩隻鞋，範圍在這個房間，五分鐘。」

眾伴郎一哄而散，一人一個角落地翻找起來。

只有許淮頌一動不動地站在阮喻的床前。

沈明櫻瞄瞄他：「這麼不積極，不想娶喻喻了？」

他淡淡一笑：「他們用手找，我用眼睛。」

阮喻看他這勝券在握的樣子就生氣：「你兩分鐘內敢找到試試！」

許淮頌喔了一聲，打算先放水兩分鐘，跟她瞎扯了一番：「剛才的選題，第七題是不是最簡單的？」

「你怎麼知道的？」

「因為去年妳叫我寫特考模擬考的時候，我選了第七章，按常理講，我應該會認為，妳可能在第七題設下陷阱，所以會避開它。」

「那你這次？」

「我還是選了七。」

可惡。

阮喻恨恨地瞪他一眼，轉頭看見趙軼指著她床頭櫃上的包包，問：「學姊，妳那個包包能不能翻啊？」

她愣愣地眨了眨眼。

趙軼一切了然於心：「找到了！有一隻在包裡。」

許淮頌低頭看了眼手錶，發現才過去一分半鐘：「不是我的錯。」

阮喻低哼一聲：「不是還有一隻嗎？」

還有一隻是真的找不到了。

幾個人一陣翻箱倒櫃，連床底都鑽了，也沒發現蹤影。

直到最後三十秒的時候，許淮頌看了看手錶，跟伴郎們說：「都別找了。」

阮喻一看他這篤定的神情就知道又要輸了。果然，看他走到沈明櫻身旁另一位長裙及地的伴娘說：「還有一隻綁在那位小姐的腿上，你們誰方便的，去拿一下。」

那位伴娘倒也沒有被發現的忸怩，笑咪咪地拎起裙襬說：「拿完了要負責的。」

趙軼立刻緊靠著許懷詩：「頌哥，我名草有主了，不太方便！」

陳暉的臉已經紅了：「這、這不好吧……」

周俊抓了抓頭：「要不然還是劉律師去吧。」

劉茂看了一眼對面一臉「你有本事就來拿」的女孩，露出了警惕的神情。

倒數計時十秒，這輩子還沒掀過別人裙子的劉茂硬著頭皮上前，在伴娘小姐面前蹲下來，撩開一截裙襬，取下了她小腿肚上綁著的那隻鞋。

再抬頭，人家姑娘面色不改，他的臉已經紅成了豬肝。

一群人哄笑著說「成了成了」，也不知道是在講新娘接成了，還是又一對成了。

〆

許淮頌和阮喻的婚禮是傳統式的，午後外場婚禮拍攝，晚上內場酒宴，散場送完客已經晚上七點多了。

回到新房，一天換了七套禮服的阮喻倒頭癱在沙發上：「結婚好累啊，幸好一輩子只有一次……」

許淮頌把隨身行李拿進房裡，出來坐上沙發，讓她的腦袋枕著自己的腿，一邊幫她捏肩一邊說：「休息一下還要出門呢，首映也只有一次。」

阮喻半瞇的眼一下睜開，低低啊了一聲。

沒錯。

年初，兩家人要定下國慶黃道吉日結婚的時候，根本沒考慮別的。結果好巧不巧，前不久電影定檔，剛好挑在婚禮當天的晚上八點半首映。

現在距離首映只剩一個小時了。

「早上還記得，忙了一天差點忘了。」阮喻翻了個身側過來，讓自己躺得更舒服一點，仰頭看著他說，「這次你沒跟劇組串通起來唬我吧？」

許淮頌笑了：「結的是同一個婚，妳忙我不忙？我哪有時間再去串通誰。」

再說，上次能聯合劇組求婚其實也不是平白無故的。人家又不做慈善事業，哪能他說什麼就是什麼，之所以配合還是出於商業利益。製作方準備把求婚儀式拍成短片，放進電影當彩蛋，把電影背後的故事作為宣傳點之一。

電影成績好，是寰視和阮喻的雙贏，所以岑榮慎才和許淮頌達成了合作。

阮喻也剛好想到這裡，問：「那你說，我們等等要不要戴口罩去？不然彩蛋一播，被人認出來了怎麼辦？」

許淮頌輕輕敲了一下她的腦門，示意她想多了：「彩蛋部分是空拍的，只能看到妳的頭頂。再說，戴口罩不是此地無銀三百兩嗎？」

她喔了一聲，看了眼時間，從他腿上掙扎地爬起來，說：「一身酒氣，我去洗個澡。」

許淮頌跟著起身：「我也洗。」

今晚在酒席上，她的酒被他擋了一半。他喝酒會臉紅，臉上看不出，其實也快醉了。

阮喻一聽到他這句「我也洗」就覺得不好，拿食指虛點著他，回頭警告：「你別跟過來啊，等等鬧到來不及看首映了。」

許淮頌輕輕嘆了一聲，一副不得其解的樣子：「許太太，我沒記錯的話，我們家有兩個浴室，我為什麼非要和妳擠一個？」

阮喻無語。

看，這就是早早結婚的後果——結婚第一天，妳的丈夫就對妳的肉體失去了欲望。

她低哼一聲，頭也不回地往浴室走。

許淮頌笑著拉住她，親了一下她的耳垂，暗示：「現在時間是真的不夠，看完電影還有一整晚呢。」

她耳根一熱，用手肘推推他：「誰給你一整晚！」說完就關上了門。

許淮頌笑了笑，回頭走進另一間浴室。沖完澡，他煮了點蜂蜜茶，也留了一杯給阮喻，等她出來後端到她的手邊，然後幫她吹頭髮。

阮喻一邊喝，一邊拿起手機翻微博。

她收到一堆標註她的訊息，大多是讀者在標註地理位置和電影票，說準備看首映了，問她會不會也在這一場。

她沒有透露，幫五湖四海的幾條都點了讚，等頭髮七分乾了，剛要收起手機，接到了許懷詩的電話：『嫂子，妳們還沒出門吧？我和趙軼已經取好票啦，現在開車過去。』

兩人的電影票是許懷詩代買的，四個人，兩組連排的情侶座。

許淮頌喝了酒不能開車，原本打算和阮喻一起騎共享單車，到附近的電影院再跟他們碰面，沒想到這兩個孩子還挺有心。

阮喻跟電話那頭說好，收拾了一下就和許淮頌一起出了門，到樓下坐上趙軼的後座，副駕駛座的許懷詩扭過頭來囑咐：「新手上路，你們繫好安全帶喔。」

趙軼不爽地嘖了一聲：「我考到駕照快兩個月了。」

「是啊。」許懷詩哼他一聲，「我都把命交給你兩個月了，天天腦袋都還繫在安全帶上呢！」

「那不是也繫得很緊？」

「那是我命大，我嫂子在備孕呢，任何一點碰撞都不能有！」說完回頭看了眼許淮頌，試探地問，「對吧，哥？」

許淮頌瞥她一眼：「誰給妳的任務？」

這門了一大段嘴，敢情是寫好的劇本，拿來試探他和阮喻準備什麼時候要生孩子。

許懷詩看看趙軼：「你看，我就說會被我哥看穿的。」

阮喻笑起來：「你們有話直接問就好了，還繞這麼一大圈。」

「是外婆叫我來刺探刺探『軍情』的，不過你們也別太有壓力，媽說了——『這得看他們小倆口自己的意思』。」

許淮頌和阮喻對視一眼，說：「我們順其自然。」意思是不會刻意迴避。

許懷詩嘻嘻一笑：「那應該快了。」

許淮頌、阮喻：「……」

這小屁孩是不是懂得太多了？這股老司機味是從哪裡學來的？

趙軼輕咳一聲，似乎想要咳散後座飄來的質疑味道。

這次換阮喻出馬試探了：「等等看完電影，你們怎麼辦啊？」

許懷詩回頭：「嗯？我們當然要回學校啊。」

趙軼念了個差強人意的學校，離她讀的杭大只有兩公里，回去很順路。

阮喻看了許淮頌一眼。

許淮頌稍稍抬了抬下巴，示意她繼續問。

她就繼續說：「看完電影再開到你們學校，宿舍都關門了。」

「不怕，我跟宿舍阿姨打好關係了，平時有什麼好吃的都拿去賄賂她。」

「妳還算准了今天會晚回去，提早未雨綢繆了？」

「哪有，是因為之前有好幾次晚回宿舍嘛。」

許淮頌接上話：「這麼晚在外面幹什麼？」

「沒幹什麼啊，就是跟同學玩。唱唱歌、吃吃夜宵什麼的，趙軼每次都在的，不信你問他。」

許懷詩一臉無辜，還不知道在她哥眼裡，最危險的就是趙軼。

不過趙軼聽出來了，嘆口氣，無奈地說：「頌哥、喻姊，你們有話也直接問就好了，繞這麼一大圈幹什麼？我們沒開過房間啦，你們要是不信就問她。」

換許懷詩無言了，今天這你來我往的試探是什麼淺薄的兄妹情？

阮喻呵呵一笑圓場：「人與人之間，這點信任還是要有的。」

話音剛落，她的手機振動了一下，一看是電影製作人鄭姍的訊息：方便的話傳個微博吧，曬曬妳的婚戒和電影票，跟彩蛋呼應一下。

阮喻跟許懷詩拿了電影票，然後看向許淮頌：「借一下你的左手？」

許淮頌伸出戴著婚戒的手隨她擺布。

她把電影票放在腿上，拿著手機調角度調了半天，把兩人十指交扣的手擺在合適的位置，喀嚓一下，又把照片上涉及暴露電影院和座位資訊的部分打了馬賽克，然後傳上微博，配字：八點半見。

微博底下瞬間充滿留言，滿排的「八點半見」，以及詢問阮喻什麼時候結的婚。

為了迎合製作方的意思，她挑了一條回覆：看完電影彩蛋就知道啦。

四人趕在電影開場前兩分鐘入場，剛一坐下燈就熄了，螢幕上放了幾個廣告，開始進入正題。

許懷詩不知怎麼地有點緊張，越過扶手去找阮喻的手。

阮喻原本倒還好，真的進入電影的氛圍後也有點激動，忍不住握緊了她的手。

情侶座另一邊的許淮頌和趙軼異口同聲，有點無奈地低低開口：「妳們要不要換位置？」

兩人都沒回話，目不轉睛地盯住螢幕。

第一幀畫面是一個空拍鏡頭，從校運會時的操場切入，紅白相間的ＰＵ跑道和綠茵場一鏡到底。

裁判員一聲槍響後，男主角和其他幾個男生從起跑線衝出，看臺上瞬間湧起潮水般的加油聲。

男主角一路遙遙領先，越來越接近終點。接著，鏡頭特寫到看臺角落，注視著他的女主角。

女主角拿著畫板和筆，正在畫一幅速寫。

看臺上的吶喊聲被減弱了音量，與此相反，女主角手中鉛筆沙沙擦過紙面的聲音變大，大到振動耳膜的程度。

一旁的好友扯著嗓子問她：「妳在畫什麼啊？」

女主角揚起唇角，略帶狡黠地說：「耳朵過來。」

畫面突然轉入零點二倍速，背景聲也跟著慢慢安靜下來，全世界只剩下女主角的回答：

「是——祕密。」

故事由此開始。

電影彩蛋放映完畢後，電影院滿場沸騰，不少人都開始東張西望，看電影背後的男女主角有沒有在自己這一場。

阮喻和許淮頌顯然沒有預料到這個狀況，眼看人群喧鬧起來，一個個年輕女孩舉著手機四處尋找，好像把電影院翻過來也要把他們挖出來一樣。

前面甚至有人開始說：「作者在首映前傳過一條微博，電影票是情侶座！」

最後一排已經起身的許淮頌和阮喻呼吸一緊。

滿場觀眾誰都沒有離場，這個時候，彷彿哪對男女先走，就證實了是主角。

阮喻把戴婚戒的手掩在背後，跟著演起戲來，四處張望著，跟許淮頌說：「咦，情侶座啊，那會不會在我們這排啊？」

許淮頌清清嗓子，扯她的袖子，示意她別再來那套「此地無銀三百兩」了。

果然，她一說話，前排一個眼尖的女孩子就看了過來：「哇，那對好像是！」

許淮頌剛要頭疼地撫額，突然看見隔壁的趙軼拉起許懷詩的手，轉頭飛奔了出去。

眾人的視線一下被轉移：「啊，是不是那對！」

阮喻愣在原地，眼看趙軼回過頭來，給許淮頌一個眼神：兄弟我只能幫到這裡了！

番外三　你是遲來的歡喜

2008年9月27日　星期六　天氣　多雲

明天學校舉行運動會，我報名參加了跳高裁判組。

開裁判會議的時候，我主動包攬了高二男子的檢錄任務，這樣就能跟許淮頌近距離接觸了。

明櫻說我不紮馬尾更好看。

那就不紮了，戴一個草莓髮夾吧。

明天下午一定要跟許淮頌說到話。

——阮喻的日記本

2008年9月28日15：32

妳耳朵邊的髮夾很好看，妳說「加油」的聲音也很好聽。

但妳的水不是送給我的。

——許淮頌的草稿箱

2008年9月28日　星期日　天氣　晴轉多雲

今天把我累壞了。

為了跟許淮頌說一句「加油」，我對所有參加跳高項目的高二男生都說了「加油」。

許淮頌最後拿了銀牌，我覺得他已經很厲害啦！金牌得主是體保生，術業有專攻，比不過也很正常嘛！

比賽結束的時候，我想送水給他，都把礦泉水瓶拿起來了，一抬頭卻看到十班一群女生興高采烈地圍住了他。

他可能是渴了，往我手上的礦泉水瓶看了一眼。

我一緊張，立刻擰開瓶蓋，自己咕嚕咕嚕地把水喝了。

唉，我怎麼這麼膽小啊……

明天許淮頌還有一場四百公尺接力賽，我一定要把水送到他手上！

——阮喻的日記本

2008年9月29日14：45

妳是不是很喜歡喝礦泉水？

——許淮頌的草稿箱

2008年9月29日　星期一　天氣　陰

我發誓我今天真的是想把水送給許淮頌的。

可是我們班的體育股長問我要送水給誰的時候，我爸也來終點附近幫他們班的學生加油了。

我只好說，這水是我自己要喝的。

他不信，當著我爸的面調侃我。

我爸看我的眼神立刻凶了起來，嚇得我趕緊喝給他看。

許淮頌剛好在這時候跑到了終點。

不知道是不是我的錯覺，他好像又看了一眼我手上的礦泉水瓶。

看來他真的很渴吧。

嗚嗚嗚，我怎麼就把水喝了呢？

——阮喻的日記本

2008年10月3日22：15

傍晚陪外婆去超市，在收銀檯排隊的時候，她讓我檢查有沒有忘了什麼沒買。

我發現我們忘了拿醬油，但我沒有說。

明天家裡醬油會不夠用，我得再去一趟超市，就是妳家對面的那家。

這次妳會來嗎？

——許淮頌的草稿箱

2008年10月3日　星期五　天氣　陣雨

見不到許淮頌的第三天，雞腿都不好吃了。

假期怎麼這麼漫長啊……

不行，我不能這樣坐以待斃。

天氣預報說明天不下雨，我得出去碰碰運氣。

家裡缺不缺醬油啊？

不管了，多買兩瓶有備無患嘛。

——阮喻的日記本

2008年10月4日12：15

是醬油，又不是生化武器，怎麼會有這麼多問題？

有點可愛。

——許淮頌的草稿箱

2008年10月4日　星期六　天氣　晴

超市裡來來往往這麼多人，但我一眼就看到了許淮頌。

他穿T恤真好看，看得我差點忘了自己要來買什麼。

幸好他不急著走，一直在貨櫃前挑來揀去。

我假裝漫不經心地走到他旁邊，可是他好像沒有看見我。

我只好拉了個店員問東問西，問她哪種醬油適合炒菜，哪種適合當蘸料，哪種適合拌涼菜，哪種CP值比較更高，哪種不容易沾鍋。

最後實在沒得問了，我拿起一個瓶子，問這醬油檢驗合不合格。

許淮頌終於側過頭看了我一眼。

雖然我覺得，那眼神冷漠得就像在看一個傻子……

2008年10月16日21：10

明晚阮老師和曲老師留校值班，妳會在數學組辦公室，還是語文組辦公室？

——阮喻的日記本

2008年10月16日　星期四　天氣　陰

爸媽要我明晚跟他們在教師餐廳吃晚餐，然後留校寫作業，等他們下班了一起回家。

看來明天沒機會在放學路上偶遇許淮頌了。

//(ＴｏＴ)// 許淮頌再見啦……

——許淮頌的草稿箱

——阮喻的日記本

2008年10月17日19：45

其實那張考卷上的題目我都會。

——許淮頌的草稿箱

2008年10月17日　星期五　天氣　晴

好激動，許淮頌現在就坐在我對面！

他也留校了，拿了一張考卷來問題目。

在我爸的數學組辦公室寫作業果然是明智的選擇。

啊，我爸過來了。

唉，剛才我爸讓我去對面，跟許淮頌一起解一道函數題，可是這麼難的題目我哪會啊。

我亂寫了一排公式，把cos、sin、tan都套了一遍。

我爸在旁邊看著我的考卷冷笑，一點都不講父女情面……

怕他再看下去會開罵，我偷瞄了一眼許淮頌的草稿紙。

還好他字寫得很大，用他的公式果然算對了。
不過好像被他發現了，因為我看到他低著頭笑了一下。
他是在嘲笑我嗎？
太丟人了……
但我的語文成績每次都是學年第一啊。

——阮喻的日記本

2008年10月17日20：35
還有，我平常的字不寫那麼大。

——許淮頌的草稿箱

2008年10月20日　星期一　天氣　陰

這星期輪到許淮頌打掃他們班在小樹林的打掃區。

我編了個理由，跟班上同學換了這週的值日生，也去打掃小樹林了。

一邊掃地一邊偷看不遠處的許淮頌，真幸福。

最近降溫了，風特別大，小樹林裡到處都是落葉，我故意逆著風掃，這樣就可以掃得慢一點。

我覺得我能掃一個世紀。

不過這風有點冷，我打了好幾個噴嚏。

我該不會是要感冒了吧？

——阮喻的日記本

2008年10月20日17：26

這樣掃，能掃乾淨嗎？

——許淮頌的草稿箱

2008年10月21日　星期二　天氣　陰

好生氣啊，今天的小樹林特別乾淨，壓根沒有可以讓我發揮的地方。

我只看了許淮頌五分鐘。

不甘心。

希望今晚來一場狂風暴雨，把樹上的葉子全都吹下來。

——阮喻的日記本

2008年10月20日17：15

幫妳打掃好了。

天冷也不知道多穿件衣服。

——許淮頌的草稿箱

「天冷也不知道多穿件衣服。」阮喻翻著日記本和老手機看到這裡，打了個噴嚏，回頭就見到許淮頌拿著一件外套走到陽臺，替她闔上半扇窗戶，「感冒了很麻煩的。」

她低頭看了看自己隆起的小腹，乖乖穿上了外套。

許淮頌看了一眼她放在一邊的日記本和老手機，把她攬進懷裡：「怎麼又在翻這些陳年往事？」

阮喻靠著他笑起來：「我在想啊，如果我有一台可以回到過去的時光機，我也許不會告訴十七歲的許淮頌和阮喻，他們彼此喜歡，而會跟他們說——別著急，你想要的，都在未來等你。」

或許此刻的你正在經歷悲傷、迷茫、痛苦、失望，但你千萬不要放棄。

你要繼續好好生活，努力成為更好的自己。

請你相信，一定會有人在未來給你一份遲來的歡喜。

而這所謂的「遲來」，其實正是上天最恰到好處的安排。

—全文完—

高寶書版集團
gobooks.com.tw

YH 028
不想只有暗戀你（下）

作　　者　顧了之
特約編輯　米宇
責任編輯　陳凱筠
封面設計　鄭婷之
內頁排版　賴姵均
企　　劃　方慧娟

發 行 人　朱凱蕾
出　　版　英屬維京群島商高寶國際有限公司台灣分公司
　　　　　Global Group Holdings, Ltd.
地　　址　台北市內湖區洲子街88號3樓
網　　址　gobooks.com.tw
電　　話　(02) 27992788
電　　郵　readers@gobooks.com.tw（讀者服務部）
　　　　　pr@gobooks.com.tw（公關諮詢部）
傳　　真　出版部(02) 27990909　行銷部 (02) 27993088
郵政劃撥　19394552
戶　　名　英屬維京群島商高寶國際有限公司台灣分公司
發　　行　英屬維京群島商高寶國際有限公司台灣分公司
初　　版　2021年 3 月

文化部部版臺陸字第109082號；許可期間自110年110年1月27日起至114年6月28日止。
本著作物由北京晉江原創網絡科技有限公司授權出版。

國家圖書館出版品預行編目(CIP)資料

不想只有暗戀你 / 顧了之著. -- 初版. -- 臺北市：
英屬維京群島商高寶國際有限公司臺灣分公司,
2021.03
　面；　公分. --

ISBN 978-986-506-011-4(上冊：平裝). --
ISBN 978-986-506-012-1(下冊：平裝). --
ISBN 978-986-506-013-8(全套：平裝)

857.7　　110000872